AF176212

Romualdo Fabrici

Es fing alles so gut an

Fantasy Roman

Bibliografische Information der Deutschen Nationalbibliothek:

Die Deutsche Nationalbibliothek verzeichnet diese Publikation in der Deutschen Nationalbibliografie; detaillierte bibliografische Daten sind im Internet über http://dnb.dnb.de abrufbar.

Herstellung und Verlag: BoD – Books on Demand, Norderstedt

ISBN: **9783754326800**

Es fing alles so gut an

Er, Hanno, wurde von vielen als außerge-
wöhnlich begabt eingeschätzt - seine Mutter

vor allen Dingen war felsenfest davon

überzeugt. Ab einem Alter von fünf Jahren schon gab sie ihm das Gefühl, dass er etwas Besonderes sei. Viele Mütter tun das sogar schon früher. Auch Mütter, die sonst in ihrem Leben gelassen sind und so tun, als würde sie nichts in der Welt aufregen. Sollte aber jemand nur andeuten, dass ihr Kind in seiner Entwicklung vielleicht noch etwas mehr Zeit bräuchte – ja, dann ist der Teufel los. Dann können wir beobachten, wie sie ihr Kind verteidigen können - wie eine Löwin in der Savanne.

Insofern haben wir uns daran gewöhnt, wenn sie mit ihren Lobpreisungen manchmal zu weit gehen und anderen Müttern damit auf die Nerven gehen – ja, ohne sich groß Gedanken darüber zu machen, provozieren sie damit ihre Geschlechtsgenossinnen - auch Väter wollen wir dabei nicht vergessen - denn auch sie haben Kinder, die etwas Besonderes sind. Falls sie sich einbildet, dass etwa sie selbst etwas Besonderes darstellt, dann hat sie nichts begriffen – ja, so streng geht es manchmal auch auf unseren Kinderspielplätzen zu.

Anna, Hannos Mutter, spielte in einer anderen Liga. Ihr Sohn gab schon kleine Cello-Konzerte. Tägliche Lockerungsübungen und kleine Etüden gehörten schon zu seinem Pflichtprogramm. Begabung allein bewirke nicht viel, erklärte seine Mutter, schon Goethe sprach von neunzig Prozent Schweiß. Hanno besaß zwar ein enges Band zu ihr und ging auf jeden ihrer Wünsche ein, aber davon waren sie noch weit entfernt. Für ihn war sie ein Vorbild, gleichgültig, was Goethe gesagt hatte. Sie hatte als Cello-Solistin bereits eine erfolgreiche Karriere hinter sich. Ein Unfall hatte sie leider frühzeitig beendet.

Für sie war es abgemacht, dass er, Hanno, ihre Nachfolge eines Tages übernehmen würde. Sie erinnerte sich noch an seine Geburt, als die Schwester ihr Hanno auf die Brust legte. Sie hatte den ersten Hautkontakt mit ihm, sie hatte ihn gesäugt und den ersten Blickkontakt mit ihm gehabt. Wer sonst als nur sie war dazu erkoren, ihn zu erziehen? Letzten Endes war sie im Nachhinein erleichtert, dass ihr Mann bei der Geburt nicht dabei war. Sie brauchte

ihn nicht. Sie gehörte nicht zu den Händ-
chenhalte-Typen. Keine einzige Sekunde
hatte sie ihn vermisst.

Als sie noch in den ersten Tagen das
Bett hüten musste, hatte sie einen Film eines Verhaltensforschers angesehen, der ihr
nicht mehr aus dem Kopf ging. Jeden Morgen, wenn sie noch im Halbschlaf lag, sah
sie ihn, wie er mit seinem Leichtflugzeug
startete, während eine Schar junger Grau-
gänse Anlauf nahm, sich in die Luft
schwang und hinter ihm herflog. Er spielte
die Mutter für seine Gänsekinder. Sie folgten ihm, als wären sie mit einem unsichtbaren Band mit ihm verbunden.

Eine ähnliche Bindung übertrug sie,
während sie sich durch die medikamentöse
Behandlung noch in einer Art Höhenrausch
befand, auch auf sich - ja, sie sah sich, an-
geregt durch ein erfolgreiches Cello-Konzert
ihres Sohnes, schon als seine ständige
Tournee-Begleiterin. Sie steigerte sich in
eine Euphorie, die ihr ein fantastisches Bild
vorgaukelte, in dem sie sich kurz vor ihrem
Erwachen mit ihren Flügeln in die Lüfte
schraubte, während ihr Sohn, mit dem Cello

auf dem Rücken, ihr hinterher flog. Ein Bild, das sie nie vergessen würde und ihr jedes Mal vor dem Erwachen erschien. Niemand sonst sollte an dem Wunder teilnehmen dürfen, das sie durch seine Geburt erfahren hatte.

Sie liebte den sonoren Klang des Cellos und war überzeugt, dass er irgendwann und irgendwie, wenn er die richtige Ausbildung durch sie erhalten würde, diesen strahlenden Klang dem Instrument entlocken würde. Leider verzögerte sich seine künstlerische Entwicklung. Seine Finger waren zu schwach, um die Saiten fest an das Griffbrett zu pressen. Es dauerte und dauerte viel zu lang mit ihm, endlich einen klaren Ton hinzukriegen, den sie von ihm hören wollte.

Ob sie damals, als sie selbst eine Karriere als Cello-Virtuosin anstrebte, zum Üben gezwungen wurde oder ob ihr die außergewöhnliche Begabung einfach so zuflog, daran konnte sie sich nicht mehr erinnern. Sie fragte sich, ob ihr Sohn tatsächlich das Talent besaß, das seine Musiklehrer ihm so eindeutig bescheinigten. Wollten sie ihr, der bereits arrivierten Künstlerin, vielleicht nur schöntun?

Es gab Situationen, in denen sie sich damals unter einem Kissen vergraben wollte. Sie litt, wenn die Cellosaiten nicht fest auf das Griffbrett gedrückt wurden und einen kratzenden Ton von sich gaben. Ihre Gehörgänge schmerzten. Sie signalisierten ihr, dass sie sich am Ende ihrer Toleranzschwelle befand. Während seiner Übungen lief ihr ein Schauer nach dem andere den Rücken rauf und runter, ihr Kopfweh meldete sich wieder nach so langer Zeit. Und das bedeutete, dass ihre nervliche Belastung kaum noch zu ertragen war.

Als er etwa acht Jahre alt war, gab sie ihm das Gefühl, dass er aus dem Kindesalter entwachsen war. Das Verhältnis zwischen ihnen hatte sich total gewandelt – ja, an manchen Tagen behandelte sie ihn, als hätte er das Zeug dazu, eines Tages ihr Level zu erreichen. Er wurde von ihr verwöhnt und genoss seine Sonderstellung in vollen Zügen. Sogar sein Vater beschwerte sich, dass sie ihn überhaupt nicht mehr beachtete. Er brächte nur das Geld nach-hause, maulte er.

Welche Rolle hätten sie ihm denn zu-gedacht? fragte er mit einem Anflug von Sarkasmus. Den Mummenschanz, den sie beide aufführten, könne er kaum noch er-tragen. Er verstehe zwar nicht viel von Cel-lomusik, erklärte er Hanno, aber er höre sie gern. Als er ein Junge war wie er, erzählte er ihm und forderte ihn auf, sich neben ihn zu setzen, fischte ihn sein Musiklehrer aus dem Schulchor heraus. Als einzigen Schü-ler. Und warum? Er hatte herausgehört, dass Hannos Vater falsch gesungen hatte. Er würde aber gern mitsingen, sagte er. Aber sein Lehrer bestand darauf, dass er lieber still sein solle.

Na gut, sagte er sich, wenn er seinen Lehrer damit glücklich machte, dann könnte er auch auf den Flur gehen und eine Ziga-rette rauchen. Im Flur erwischte ihn der Mathelehrer und nahm ihn mit zum Direk-tor. Er durfte nicht mitsingen, antwortete er ihm, als er gefragt wurde, was er auf dem Flur zu suchen hätte. In der Zwischenzeit war der Mathelehrer den Flur weiter

entlanggegangen, als er sich plötzlich um-
drehte und Hannos Vater zu sich rief. Er
antwortete höflich, dass er im Moment noch
mit dem Herrn Direktor verhandle. Er soll
das Papierknäuel aufheben, rief er, wenn er
mit dem Herrn Direktor fertig sei. Wieder
antwortete er ihm höflich, er selbst stünde
doch direkt davor und bräuchte sich nur danach zu bücken.

Der Herr Direktor wusste auch nicht
mehr weiter. Im Grunde müsste er ihn be-
strafen, sagte er, aber er wüsste nicht warum. Er riet er ihm, seinen Stolz zu begra-
ben und dem Mathelehrer das Knäuel direkt
in die Hand zu drücken. Seien Sie doch ein
bisschen diplomatisch, flüsterte er. Koope-
rativ! Plötzlich siezte er ihn. Seien Sie nicht
dumm, fuhr er fort. Dieser Lehrer, wissen
Sie, mit dem ist nicht gut Kirschen essen.
Ruck-zuck haut er Ihnen bei der nächsten
Arbeit ein Ungenügend unter ihre Arbeit.
Aber sein Vater hatte keine Angst vor ihm.
Und er respektierte ihn auch nicht. Er
wusste, dass er gut in Mathe war. Und
manchmal hatte er das Gefühl, dass er besser war als sein Lehrer.

Schon auf dem Gymnasium warf ihm das Lehrerkollegium vor, dass er seine Nase sehr hoch trage. Sie erinnerten ihn daran, dass er noch Schüler sei und den Anweisungen eines Lehrers Folge zu leisten habe. Sei er dazu nicht willens oder nicht in der Lage, stehe ihm frei, sich eine andere Bleibe zu suchen.

Das ließ er sich nicht zwei Mal sagen. Er heuerte bei einem Fensterbauer an, den sein Vater kannte. Es gefiel ihm gut dort. Sie behandelten ihn wie einen von ihnen, ohne ständig den Macker herauszukehren und ihn wie einen Idioten zu behandeln. Mit einem Schlag fühlte er sich erwachsen. Der Inhaber hatte erkannt, dass er ein gutes räumliches Vorstellungsvermögen besaß. Das hätte nicht jeder, sagte er. Die Zeichnung eines Architekten genügte ihm, um sich gleich die räumliche Situation vorzustellen.

Das Cello, von dem sein Vater allzu oft redete, handhabte Hanno inzwischen in einem Alter von acht Jahren mit einer

Bravour, die selbst lang gediente Cellisten des Hamburger Philharmonischen Staatsorchesters in Erstaunen versetzt hatte, als er bei ihnen vorspielte. Sie hielten ihn nicht gerade für ein Wunderkind. Aber sie sahen in ihm doch außergewöhnliche Fähigkeiten angelegt, die auf Größeres hoffen ließen.

Nicht unbedingt zwingend konnten sie feststellen, dass er ein verlässliches Tonhöhengedächtnis besaß, wie es seine Mutter behauptete. Genau dies wurde ihm von Kindesbeinen an suggeriert, und zuweilen glaubte er selbst daran. Aber seine wahre Begabung lag auf einem anderen Gebiet. Geschickt und mit einer gewissen Eleganz, die sie ihm nicht absprechen konnten, schlug er mit weit ausholender Geste eine Stimmgabel an, um zu Beginn der Aufführung sein Instrument zu stimmen - ja, es war noch die Zeit, als händisch gearbeitet wurde. In dieser Disziplin, die leider von vielen unterschätzt wird, hatte er es zu einer bestechenden Kunstfertigkeit gebracht. Er ließ den Ton durch eine wundersame Wellenbewegung seiner Hand in der Stille ausklingen, bis offenbar nur er ihn noch wahrnehmen konnte.

Natürlich konnte er mit diesen Fähigkeiten keinen bleibenden Eindruck bei den Symphonikern hinterlassen. Zumal ihm ein Mitglied des berühmten Klangkörpers den Ton mit seinem eigenen Cello vorgab, und er missmutig seine Stimmgabel wieder in die Jackentasche gleiten ließ. Immerhin luden sie ihn zu einem weiteren Vorspiel ein, zu einem späteren Zeitpunkt.

Nach seiner Rückkehr durfte er wieder in seinem heimatlichen Wirkungskreis, einem musischen Gymnasium, mit einem Lehrangebot, das der Waldorfpädagogik nahe stand, seine Stimmgabel aus der Tasche ziehen und sie erklingen lassen. Hier schien die Welt für ihn noch in Ordnung zu sein. Sie wussten seine Begabung zu schätzen. Sein Musiklehrer hatte seinen Drang erkannt, sich zu präsentieren und ihm allein das Privileg übertragen, für sie alle bei einer musikalischen Darbietung den Ton anzugeben - mit all dem Gehabe, das er inzwischen zu einer ihm eigenen Kunstform entwickelt hatte.

Das eigenartige Szenario hatte er bei einem Professor der Neurologie beobachtet, einem engen Vertrauten seiner geliebten Mutter. Dort saß er diskret hinter einem Vorhang und sah zu, wie er mit seinen vorwiegend weiblichen Patientinnen verfuhr. Fast schon routinemäßig und immer zu Beginn einer Behandlung schlug er eine Stimmgabel an, ließ sie einen Augenblick lang vibrieren und legte sie - für Hanno etwas zu theatralisch - in einem weit ausholenden Bogen an ihr Knie. Geduldig wartete er dann auf ihre Reaktion. Manchmal wartete er vergebens. Kein gutes Zeichen, murmelte er dann vor sich hin und wiederholte die Prozedur. Sogar Hanno hinter dem Vorhang konnte die Enttäuschung des Neurologen wahrnehmen. Denn es ereignete sich leider viel zu oft, dass die Patientinnen weder die Vibration noch die Kälte des Metalls wahrnehmen konnten.

Sie gaben ihm dann zu verstehen – ja, sie forderten ihn geradezu auf - weiter auszuholen, vielleicht mit einem noch kraftvolleren Schwung und einem noch stärkeren Druck auf ihr Knie. Und wenn erforderlich, am Schienbein runter bis zum Knöchel. Hanno hinter dem Vorhang konnte es nicht fassen, dass eine Patientin ihm, dem Herrn Professor für Neurologie, Anweisungen gab, wie sie behandelt werden wollte. Eine Patientin ging sogar so weit ihn aufzufordern, endlich seine Zurückhaltung aufzugeben. Wird er ihrer Aufforderung nachkommen? Wird er sich von ihr, einer Unwissenden, vorschreiben lassen, wie er sein Geschäft zu betreiben hat? fragte er sich.

Oder wird der Herr Professor in seiner dezenten Art das Ganze einfach als Missverständnis abtun? Mit fünfzehn hatte Hanno schon einiges an Aufklärungsliteratur gelesen - daran hatte seine fürsorgliche Mutter schon zu Beginn seiner Pubertät gedacht und wie zufällig einige Schriften zu diesem Thema in der Wohnung herumliegen lassen. Und er nahm sich für seine einsamen Abendstunden das eine oder andere Blatt mit in sein Zimmer, wo er seiner Fantasie freien Lauf lassen konnte. Wusste ihr Mann zum Beispiel, was seine Frau trieb, wenn sie die Neurologie aufsuchte? Wusste er, dass sie drauf und dran war, einen Neurologen anzumachen?

In Wirklichkeit wollte der Neurologe nur die Leitfähigkeit bestimmter Nervenbahnen prüfen, weiter nichts. Weiter verfolgte er keinerlei Absichten, soweit Hanno das einschätzen konnte. Natürlich wusste er es nicht so genau. Irgendwo hatte er zwar gehört, dass einem Neurologen nicht zu trauen sei. Ruck-Zuck hätte er einen in die Röhre gesteckt. Zudem würde er die Beine junger Frauen länger als nötig, abtasten. Angeblich, um die Empfindsamkeit ihrer Beinnerven zu testen. War er einer dieser verkappten Bewunderer junger Frauenbeine? Und war es das, warum seine Mutter so gern zu ihm in Behandlung ging? Weil sie es genoss, wenn er zärtlich ihre Beine immer und immer wieder berührte, wobei er sich der Partie über ihren Knien besonders sorgfältig annahm?

Natürlich entsprang all der Unsinn seiner lebhaften Fantasie. Denn Hanno lag, wie er schon oft bewiesen hatte, auch in diesem Fall völlig daneben mit seinen ausschweifenden und absurden Gedankenspielen. Der Professor gehörte nicht zu diesen von ihm verdächtigten Personen. Das bewies er schon dadurch, dass er abrupt aufstand, der Patientin den Rücken zukehrte und sich an seinen Schreibtisch setzte. Dort saß er eine Weile. Tiefer als sonst bückte er sich über das vorgedruckte linierte Blatt, als litte er an einem Sehfehler, und trug ihre Werte ein.

Hanno verfolgte all dies von seinem Versteck aus - die mehrfachen Anschläge der Stimmgabel, sein kurzes Innehalten und die anschließende schwungvolle Bewegung in einem hohen Bogen durch die Luft, bis ihr Klang am Knie der Patientin augenblicklich verebbte. Mit einer gewissen Angespanntheit und Erregung versuchte er die Eleganz

jeder seiner Bewegungen im Geiste nachzu-
ahmen. Unauslöschlich prägte sich ihm die
sanfte und doch weit und kraftvoll ausho-
lende Geste ein, die der Neurologe mit seiner Stimmgabel ausübte, ja, geradezu
inszenierte. Wiederholt versuchte er die Bewegungen des Meisters zu wiederholen und
es ihm gleichzutun - als hinter dem Vorhang
ein Glas zu Boden fiel und in tausend Stücke zersprang. Ein jähes Ende seiner so geliebten Studien war die Folge.

Die Neigung sich zu präsentieren und
in der Öffentlichkeit eine gute Figur zu machen, war ihm ein Bedürfnis, das er unbedingt stillen musste und in hohem Maße
auch genoss. Während der musikalischen
Aufführungen zeigte er ein hoch entwickel-
tes Gespür für die optische Wirkung seines
Auftritts. Er wiegte seinen Oberkörper von
einer Seite auf die andere und folgte auf-
merksam dem Taktstock des Dirigenten.
Dann wieder lehnte er sich leicht nach vorn
über den Cellohals - leider drohten ihm dabei seine langen Haare die Sicht zu versper-
ren. Mit einer vor dem Spiegel eingeübten
Drehung seines Kopfes richtete er sich dann

wieder auf und schwenkte – ja, er schleuderte seine langen Strähnen nach hinten und strich sein Cello mit einer Hingabe, dass dem Publikum nichts anderes übrigblieb, als ihm zuzujubeln.

Die Zuhörer hielten ihn trotz gewisser Unstimmigkeiten während seines musikalischen Vortrags für eine einmalige Begabung – ja, sie spürten instinktiv, dass er, Hanno, kurz vor seinem Durchbruch als junger Cello-Artist stand. Irgendwie hatte sich bei ihnen die Gewissheit festgesetzt, dass aus ihm etwas Großes werden würde. Und sie zählten sich zu den Glücklichen, die dabei sein durften. Geduldig und nachsichtig verfolgten sie die Bewegungen seines Bogens auf den Darmsaiten, von denen nicht immer die von ihm gewünschte und vom Publikum erwartete Tonqualität ausging. Genau diese Geringfügigkeiten waren es aber, die einige Zuhörer als äußerst schmerzhaft empfanden – ja, geradezu als Angriff auf ihr körperliches Wohlbefinden.

Dann wiederum begeisterte sie sein sporadisch hörbares Zupfen einer Saite mit seinem Zeigefinger, der sich zärtlich an die kalte Stahlsaite zu schmiegen schien und auf überraschende Weise einen reinen, klaren Ton erklingen ließ. Wie eine Erlösung quittierten sie das Ereignis mit einem kurzen Zwischenapplaus - berauscht von der Diskrepanz zwischen seiner kindlichen Erscheinung und seinen doch aus den Kinderschuhen entwachsenen energischen Bewegungen. Sie hörten geflissentlich beiseite, wenn seine tapsigen Finger manchmal

nicht die Kraft aufbrachten, den unbedingt notwendigen Druck auf die Saiten auszuüben.

Absolut frappant wirkte sich dieser missliche Zustand in den höheren Tonlagen aus, wenn feinnervige Zuhörer unbewusst ihren Rücken krümmten, als ob sie einer unbekannten Gefahr ausweichen wollten. Was sie anfangs als weichen, zart klingenden Flageolettton wahrnahmen, entpuppte sich im Nachhinein als eklatanter Misston. Gewöhnlich verharrten sie geduldig zwei, drei Minuten in einer vorgebeugten Körperhaltung, bis ihr Unwohlsein allmählich abklang.

Überraschend hoch zeigte sich wie schon so oft ihre uneingeschränkte Bereitschaft der Selbstverleugnung. In seiner inzwischen zu einer beachtlichen Größe angewachsenen Fangemeinde hatte sich ein harter Kern gebildet, der offenbar alles in Kauf nahm. Die Zuhörer zeigten sich so begeistert, dass sie mit bedeutungsvoller Kennermiene ihrem Nachbarn zunickten, sich nach dem Schlussakkord erhoben und frenetisch Beifall klatschen. Niemand verlor ein kritisches Wort über die Aufführung, auch nicht über die auffallend neu vorgetragenen Flageoletttöne des jungen Cellisten, ihres Idols.

Monate vergingen, es mögen unbemerkt auch Jahre vergangen sein, als bei Hanno Zeichen einer Wachstumsstörung diagnostiziert wurden. War sein ihm unbekannter Vater, dessen Identität von seiner Mutter nicht preisgegeben wurde, etwa kleinwüchsig gewesen? Hatte sie sich gar mit einem Zwerg eingelassen?

Als er achtzehn war, eröffnete ihm seine Mutter, dass der Fensterbauer nicht sein Vater war. Na und? fragte sich Hanno. Er kannte ihn sowieso nur als unmusikalisches Individuum, das vorgab, seine Cello-Suiten zu lieben. Mit wem hatte es seine Mutter sonst noch getrieben? Dass sie ein Hingucker damals war, wusste er von den Fotos.

Er musste wohl oder übel davon ausgehen, dass er das Ergebnis einer jungfräulichen Empfängnis war. Seine Mutter breitete nach wie vor den Mantel des Schweigens über seinen wahren Erzeuger. Im Übrigen wusste sie nur, und das allein war sie bereit preiszugeben, dass er sich irgendwo in Honduras herumtrieb. Die Geschichte konnte Hanno glauben oder nicht. Im Laufe der letzten Jahre hatte er seine Mutter mehrmals erlebt, wie schnell sie die unglaublichsten Geschichten aus dem Ärmel schütteln konnte. Gleichgültig, wer sein leiblicher Vater letztendlich war, ob er noch am Leben war oder nicht, seine Anlagen zu wachsen waren verkümmert und hörten eines Tages auf, den üblichen Naturgesetzen zu folgen.

Seine Freunde im Schulorchester hatten im großen Ganzen ihre altersgemäße Größe erreicht. Für die öffentlichen Vorführungen erhielten sie vom örtlichen Kulturverein und vom einzigen Getränke-Fabrikanten in der Gegend als Sponsor wie jedes Jahr einen neuen schwarzen Anzug gestellt. Er nicht. Bei ihm hätte es sich nicht gelohnt. Sein Wachstum schien seit zwei Jahren auf der Stelle zu treten, so dass seine Mutter mit ihm die übliche Ärztetour antrat. Sie dokumentierten zwar nacheinander seinen Ist-

Zustand, hatten ihm aber außer ein paar Hormonspritzen wenig zu bieten.

Wie er es von seiner Helikopter-Mutter über die Jahre hin nicht anders erwartet hatte, fing sie eines Tages an zu rotieren. Sie fürchtete sich vor dem Augenblick, gestand sie ihm, an dem er als einziges Orchestermitglied unter Erwachsenen auf der Bühne stehen würde. In ihrer Verzweiflung suchte sie einen Schuhmacher auf, der nach Hörensagen in Fällen wie diesem Wunder vollbringe. Es war kein Schuhmacher im hergebrachten Sinne, der sein Handwerk in einem Supermarkt ausübte. Das Besohlungsgeschäft lief nur so nebenbei, wenn er eine kreative Erholungsphase einlegte.

Sein Handwerk, das er in einer italienischen Schuhmacherei in Mailand erlernt hatte, mixte er mit hochtechnischem Zubehör. Entsprach das hochtechnisierte Schuhwerk eines Tages den Wünschen des Auftraggebers, erteilte er die Freigabe. Es besaß dann das Zertifikat nicht nur der Schuhmacherinnung, sondern auch das begehrte Emblem einer TÜF-geprüften elektronisch gesteuerten Gehhilfe. Es bedeutete weiterhin, dass der zahlungsfähige Kunde keinen hoch geschnürten orthopädischen Schuh erhielt. Vielmehr ließ sich der Schuh tragen wie jeder andere auch, leicht verborgen unter einem etwas längeren Hosenbein.

Das System basierte auf einer Erfindung, die ihm als Gehhilfe im Gefängnis zu Palermo in Sizilien eingefallen war und die er nach seiner Entlassung patentieren ließ. Die Plateausolen ließen sich elektronisch steuern und pneumatisch verstellen - je nach gewünschter Körpergröße.

Der Gefängnisaufenthalt hatte nur drei Monate gedauert. Er konnte beweisen, dass er durch die Ndrangheta erpresst wurde, die seine Zwillinge in ein bereitstehendes Taxi geschoben hatten und anschließend die Forderung stellten, für die Organisation zu arbeiten.

Ganz im Gegensatz zu ihren üblichen, überaus erfolgreichen Geschäftszweigen wie den Drogenhandel und die illegale Giftmüllentsorgung verfolgte sie den wahnwitzigen Plan, eine Bank zu überfallen. Paradoxerweise aber nicht, um ihre Geldreserven zu plündern. Die Organisation war eher an den Inhalten der Banksafes interessiert. Hier mussten Papiere verwahrt worden sein, durch die sie sich für ihre laufenden Prozesse eine gewisse Sicherheit erkauften, und die in ihren Augen wesentlich mehr wert waren als Geld. Denn Geld zu beschaffen, war für sie nie ein Problem gewesen.

Aber Beweismaterial in der Hand zu haben, wodurch sie gleichzeitig Richter, Politiker und Bürgermeister in ihrer Hand hatten, war in ihren Augen eine Schatztruhe, auf die sie bei Bedarf zurückgreifen konnten. Bis heute blieb es ein Geheimnis, um welche Papiere es sich handelte, denn die Bankvertreter verwiesen auf das Bankgeheimnis. An den Schuhmacher hingegen waren sie nur durch Zufall geraten, da er einen guten Ruf besaß, mit elektronisch gesteuerten Anlagen gut umgehen zu können.

Durch die elektronisch gesteuerte Gehhilfe war es Hanno ein Leichtes, auf Anhieb um zehn Zentimeter zu wachsen und die Konstruktion mit verlängerten Beinkleidern zu kaschieren. Nicht nur theoretisch ließ sich auf diese Weise jede erdenkliche

Größe verwirklichen. Seine Mutter Anna war, nachdem sie ihren Sohn zum ersten Mal gesehen hatte, wie ausgewechselt. Sie sah wieder Licht am Ende des Tunnels und begann unverzüglich an seinem Tourenplan zu arbeiten. Die große Welt einer Solisten-Karriere stand für ihren Sohn wieder in greifbarer Nähe. Buchstäblich über Nacht fühlte er sich ebenbürtig mit seinen Freunden und seinem inzwischen 4/4 - Cello, wenn er sich wie sie nach der Aufführung eines Konzertes vor dem Publikum verneigte.

Die Plateauschuhe begleiteten ihn die ganze Schulzeit hindurch. In der Tanzstunde nutze er sie ausgiebig und auch zu seinem Vorteil. Die Pneumatik der Sohlen verlieh ihm einen federnden Gang, wie wir ihn oft nur bei sportlich gestählten jungen Männern beobachten können. Während der Tanzstunde wurde er von den weiblichen Tanzpartnern begehrt und bewundert zugleich. Er übte auf sie eine magische Anziehungskraft aus. In ihrem Backfischalter war es nicht verwunderlich, dass es Mädchen gab, die von ihm träumten und am nächsten Tag untereinander ihre Erlebnisse austauschten.

Entschlossen umfasste er während der Tanzstunde die Taille seiner Partnerin und drehte sie mit schwebender Leichtigkeit in unendlich vielen Kreisen um sich, sodass sie für einen Augenblick lang das Gefühl hatte, keine Schwerkraft mehr zu empfinden. Sie lag dann wie betäubt in seinen Armen. Erst beim Ausklang der letzten Takte schien sie, am Körper leicht zitternd, zu erwachen, wenn er sie sanft auf den Boden stellte. Listen wurden geführt, wie er später erfuhr, wer als Erste den Vorzug erhielt, mit ihm zu tanzen. Gerade Mütter, die selbst noch sehr jung waren, hielten sich nicht mit Ah- und Oh-Rufen zurück, wenn er mit ihren Töchtern an ihnen vorbeischwebte.

Nach dem Abitur fiel Hanno in ein dunkles Loch, vielfach beschrieben, aber im Grunde als vorübergehende Phase immer wieder von Generation zu Generation weitererzählt. Apathisch bewegte er sich nur noch vom Bett zum Frühstückstisch, aß lustlos sein Körner-Müsli, das ihm seine Mutter jeden Morgen vorsetzte – nach den

Rezepten eines Ernährungsberaters zusammengestellt. Anschließend begab er sich mit hängenden Schultern wieder in sein Zimmer. Dort hörte er eine Einspielung von Rostropovitch - die sechs Cello-Sonaten von Bach - brach mitten in der dritten ab und legte etwas von der Nouvelle Vague auf. Er mochte die jungen Mädchenstimmen aus Frankreich.

Unentschlossen, was er mit sich und seinem Leben anstellen sollte, wartete er auf den Zeitpunkt, an dem der endlose Müßiggang eines Tages durch einen Zufall beendet würde. Seine Mutter drang in ihn, endlich ein Mathestudium zu beginnen, zumal er in diesem Fach die höchste Punktzahl erreicht hatte. Vielleicht sollte er auch mit seiner nach wie vor großen Leidenschaft fürs Cello eine Solo-Karriere starten. Nichts schien ihn zu interessieren. Was sie ihm auch vorschlug, er konnte sich zu nichts entschließen. Er wartete. Er wartete auf eine Eingebung.

Letzten Endes bestand seine Arbeit darin, dass er eine schwere Last von sich schütteln wollte. Auch wenn sie so schwer erschien wie ein Zementblock, den er auf seinen Schultern trug. In diesem Augenblick wusste er noch nicht, dass er sich von der Rund-Um-Betreuung seiner Mutter lösen wollte. Ihm kam zu Bewusstsein, während er in seinem Bett lag und auf die Decke starrte, dass er es bis zum heutigen Tag nicht gewagt hatte, einen eigenen Gedanken zu formulieren. Das fiel ihm vor allen Dingen auch dann auf, wenn er bei Stücken, in denen der Komponist einem Interpreten die freie Wahl bot, selbst zu improvisieren, seine Mutter einen Riegel davorschob. Sie war der Ansicht, dass er dazu noch nicht bereit war.

Irgendwie hatte sie wohl die Befürchtung, dass dadurch vielleicht ihr Einfluss auf ihn und seine Spielweise abhandenkommen würde. Er spürte, wie sich in ihm ein starker Widerwille entwickelte, der sich gegen ihren immensen Eingriff in seine Lebensweise richtete. Er wollte nicht mehr ihr Leben leben. Er wollte endlich das seine entdecken, Fehler machen wie jeder andere, Versuche wagen, deren Ausgang nicht gesichert war, nicht vorgelebt durch seine Mutter.

Seine Mutter umgab ihn mit ihren Wünschen und Plänen von früh bis spät. Hätte er doch eine Möglichkeit, sie irgendwohin in die Ferne zu schicken und sie für eine Weile oder länger nicht mehr zu sehen. Allein der Gedanke daran verschaffte ihm Erleichterung. Wenn er da lag und über sich nachdachte, dann sah er sich, wie er seiner Mutter wie ein Hund überall hin folgte, als hinge er an ihrer Leine. Er erfüllte ihr jeden Wunsch. Ja, wenn er zurückdachte, hatte er sogar völlig widerstandslos ein Instrument gewählt, das im Grunde ihr Instrument war. Ihr Instrument, mit dem sie durch die Metropolen tourte und von Erfolg zu Erfolg eilte.

Lebte er jetzt ihr Leben noch einmal? Als er diesen Gedanken zu Ende dachte, fuhr ihm ein Schreck durch die Glieder. Hatte sie sich vorgestellt, dass er ihr Double werden könnte? Er fragte sich oft, warum sie immer so genervt war, sobald er versuchte, eine Variation nach seinem Empfinden zu interpretieren. Immer wieder kam er auf dieses Thema zurück, das ihn offenbar am meisten beschäftigte. Stücke, die eigens vom Komponisten so angelegt wurden, gerichtet an den Interpreten persönlich! Warum ließ sie es nicht zu?

Als sie einmal das Haus verließ, versuchte er es. Und es klappte auf Anhieb! Sollte er in Zukunft etwa heimlich das spielen, was der Komponist ursprünglich angedacht hatte? Er konnte seine eigene Fantasie spielen lassen, mit seinen eigenen Einfällen. Und er hatte Einfälle, wie er feststellte. Jede Menge sogar. Sie hatte unterbunden, dass er seinen Neigungen nachgehen konnte. Sie förderte ihn – mit dieser Aussage erntete sie überall Lob und Anerkennung! Aber warum versuchte sie, seinen Drang nach eigener Interpretation zu unterbinden? Diese Frage wollte er immer stellen. Aber er traute sich nicht.

Warum ließ sie es nicht zu, dass er einen eigenen Weg suchen und finden wollte? Auch wenn dabei manche Partien vielleicht nicht so gelingen würden, wie sie es sich vorgestellt hatte? Wenigstens versuchen wollte er es. Das war doch nicht zu viel verlangt von ihr. Fürchtete sie etwa, wenn sie die Zügel etwas lockerer ließe, dass er von jetzt auf gleich seine eigenen Wege gehen möchte? Natürlich, das war's. Darin sah sie die Gefahr.

Fest stand wohl in ihrem Programm geschrieben, das sie für ihn ausgeheckt hatte, dass sie dann keinen Zugriff mehr auf seine Entscheidungsfreiheit hätte. Na und? Immerhin stand er schon oft genug allein auf der Bühne und spielte ohne ihre Hilfe und ohne ihre Unterstützung. Er erinnerte sich mit einer diebischen Freude daran, dass er bei dieser Gelegenheit des Öfteren ihren vorgeschriebenen Pfad verließ und eigene Interpretationen einfließen ließ, ohne dass das Publikum etwas davon wahrnahm. Ganz im Gegenteil quittierte es die Passagen mit Beifall. Und er fühlte sich hinterher sagenhaft gut. In all seinen Träumen fühlte er sich befreit und glücklich. Da war niemand, der ihm von hinten Anweisungen zuflüsterte.

Im Augenblick, in seiner jetzigen Verfassung, war er ihr hingegen sehr zu Dank verpflichtet. Das musste er zugestehen und auch anerkennen. Sie hatte ihn dahin gebracht, wo er gegenwärtig stand. Zurzeit war er zu nichts zu gebrauchen. Und er musste zugeben, dass er sie in dieser vermaledeiten Lage, in die er sich hineingeritten hatte, brauchte. Ohne sie würde er untergehen. Er wusste ja nicht einmal, was und wo er einkaufen sollte. Auch in dieser Hinsicht, für die einfachen Bedürfnisse des Lebens, war er abhängig von ihr. Abhängig hieß, dass sie ihn auf diese Weise an sich gebunden hatte. Abhängig hieß aber auch, dass er ihr ausgeliefert war wie ein Junkie.

In der Zeit des Wartens auf etwas, das er sich nicht im Ansatz vorstellen konnte, zeigte sich seine Mutter in Bestform. Sie traf Entscheidungen, zu denen er nicht mehr fähig war. Den Anfang gestaltete sie mit einem Cocktail, einigen Multivitaminen, Bachblütenextrakten und einer Batterie von verschiedenen Ingredienzien, die ihr von einer Heilpraktikerin empfohlen worden waren. Die wohldosierte Komposition mischte sie täglich seinem Abendessen bei und hoffte inständig, dass dadurch seine Entscheidungsfreude beeinflusst werde.

Seine Plateausohlen hatte Hanno inzwischen auf fünfzehn Zentimeter erhöht

und wäre in seinem buchstäblichen Größen-
wahn noch weiter gegangen, wenn seine
Mutter sich nicht geweigert hätte, laufend
neue und längere Beinkleider für ihn nähen
zu lassen. Ihre Ersparnisse waren größten-
teils aufgebraucht und kein Ernährer in
Sicht, der die finanzielle Lücke hätte ausfül-
len können.

Ihr Fensterbauer war eines Tages
nicht mehr aus dem Ausland zurückgekehrt.
Er hatte sich verabschiedet, ohne Lebewohl
zu sagen. Wie sie vom Personalbüro seines
Betriebes erfuhr, war er dabei, im südost-
asiatischen Raum eine neue Niederlassung
zu gründen.

Da er nicht der leibliche Vater Hannos
war, stellte er eines Tages auch die monatli-
chen Zahlungen ein. Wie sie unter der Hand
erfuhr, lebte er jetzt mit einer Thailänderin
zusammen. Warum auch nicht? fragte sie
sich. Aber damit begann für Mutter und
Sohn der anfangs demütigende Gang zur
Sozialkasse. Für Anna ein weiterer Ansporn,
Hanno aus seiner Lethargie herauszuholen
und allmählich an der Verwirklichung seiner
Solo-Karriere als Cellist weiterzustricken.

Die täglichen Beigaben anregender und angeblich Ideen fördernder Ingredienzien zeitigten keinen der von der Mutter ersehnten Erfolge. Jedoch erlebte er nachts in seinen Träumen die aufregendsten Episoden, die sich am Tage nicht einstellen wollten. Unter den zahlreichen Begegnungen, deren Gesichter er aus seinen Kinder- und Jugendjahren kannte, fiel ihm jedoch eine Figur auf, die er noch nie gesehen hatte. Sie hielt sich anfangs dezent im Hintergrund auf, schwebte unschlüssig von einer Seite auf die andere, bis sie ihm von Weitem ein Zeichen gab.

Aus der Ferne winkte sie ihm mit ihrem Violinbogen zu, jetzt erkannte er ihn, nachdem sie sich durch eine dichte, wabernde Nebelwand hindurchgezwängt hatte. Als sie sich ihm halb gehend und halb schwebend weiter genähert hatte, sah er auch ihre Violine, die sie mit der linken Hand gerade unters Kinn schieben wollte.

Offenbar wollte sie mit ihm ein Stück einstudieren, bildete er sich ein. Es sollte das Ende des zweiten Satzes von Maurice Ravel sein. Woher er das wusste? Im Traum geschahen oft Zufälle, die im Leben kaum eintreffen würden. Irgendwie hatte er es herausgefunden, was sie wollte. Hier konnte er mit seiner Fähigkeit brillieren, seinem Instrument die eigenartigsten Flageoletttöne zu entlocken. Aber auch sie schien seltsamerweise genau zu wissen, dass nur er diese weich und zart klingenden, hohen

Töne erreichen konnte, die dem Komponisten so unendlich wichtig waren.

Während der Proben trug sie immer ein fliederfarbenes Chiffon-Kleid. Es wurde nur von hauchdünnen Spaghetti-Trägern gehalten. Die Übungsstunden mit ihr schienen unendlich lang zu dauern, wahrscheinlich so lange wie es in der Realität auch gedauert hätte, um eine perfekte Aufführung abzuliefern. Als zweites Stück, auf das sie sich einvernehmlich für eine zu erwartende Zugabe vorbereiten wollten, wählten sie eine Kostprobe aus der Cellosonate von Schostakowitsch.

Nach den unnatürlich langwierigen Übungsstunden, in denen er mehrmals äußerte, wie unproduktiv sich ein überlanges Üben auf die Qualität der musikalischen Darbietung auswirke, stieg er mit ihr auf ein Laufband, das breit genug für sie beide eingerichtet war und das seine Mutter zu seiner Körperertüchtigung seinerzeit erworben hatte. Intuitiv hatte auch die Violinistin erkannt, dass ein zusätzliches körperliches Training die musikalische Klangfarbe ihrer Streich-Duos positiv beeinflussen könnte.

Seite an Seite legte sie mit ihm scheinbar endlos währende Marathon-

Strecken zurück. Er konnte auf wundersame Weise gut mit ihr Schritt halten, obwohl er sich während seiner Schulzeit den Ruf erworben hatte, der unsportlichste Mensch aller Zeiten zu sein.

Er vergaß nie die Demütigung, die er erleben musste, wenn im Sportunterricht zwei Mannschaften gewählt wurden und er als einziger übrigblieb. Niemand wollte ihn in seiner Mannschaft haben. Ein Fluch wie eine giftige Spinnwebe schien auf ihm zu liegen. Um so mehr wunderte er sich, dass er im Traum traumhafte Ergebnisse mit seiner Partnerin erzielte.

Näherte sich dann am Morgen allmählich die Nacht dem Tage, wachte er erschöpft, aber doch relativ ausgeglichen auf und begann sein reichliches und mit Vitaminen angereichertes Frühstück mit seiner Mutter. Er nahm es gewöhnlich an sonnigen Tagen auf dem überdachten Balkon ihres Reihenhauses zu sich. Aber oft kam er zu spät. Das Frühstück verzögerte sich von Tag zu Tag und von Woche zu Woche und manchmal ließ er es ganz ausfallen. Er war durch die Kräfte zehrenden Laufeinheiten in der Nacht einfach zu müde und schlief oft bis zu den Mittagsstunden durch. Seine Mutter verdoppelte daraufhin auch seine abendliche Dosis der Nahrungs-Ergänzungs-mittel.

Wider Erwarten trat die Wirkung sofort ein. Aber nicht, wie es sich seine Mutter erhoffte. Seine Träume fanden nun in einer unwirklich rasenden Geschwindigkeit statt, der er nahezu nicht gewachsen war. Szene

um Szene beschleunigten sich zu einer an ihm vorbeihuschenden Bilderfolge. Das gemeinsam einstudierte Streich-Duo, das inzwischen schon fast zur Routine verkommen war, absolvierten sie in einem höllischen Tempo, dem er kaum folgen konnte – ja, er musste sich eingestehen, dass er nicht mehr mit ihr Schritt halten konnte.

Im Gegensatz zu ihrem bisherigen Verhalten nahm sie darauf keine Rücksicht, stand schon vor ihm auf dem Laufband und begann voller Ungeduld ihre Beine hochzuwerfen. Auf die gleiche Art, wie sie es bei einer Fernseh-Übertragung im Sport-Kanal von Marion Jones gesehen hatte, als sie vor dem Sprint ihre Beinmuskeln lockerte.

Ihre Haare, die er bisher in ihrem kastanienbraunen Seidenglanz bewundert hatte, waren in den vierundzwanzig Stunden auf rätselhafte Weise aschfahl erblondet. Sie fielen in langen, fein und dünn gezopften Strähnen auf ihre linke entblößte Schulter. Ihr fliederfarbenes Chiffonkleid wurde nur noch von einem hauchdünnen, blassblauen Faden über der rechten Schulter gehalten.

Er eilte zu ihr und sprang mit einem Satz zu ihr aufs Laufband. Dabei durchfuhr ihn der Gedanke, dass sie eigentlich das nach seinem Empfinden missratene Stück von Schostakowitsch noch einmal hätten wiederholen müssen. Aber dann in einem gemäßigteren Tempo.

Kaum hatte sie die Laufmaschine eingeschaltet, erhöhte sie die Umdrehungszahl des Laufbandes zu einer Schnelligkeit, in der er mit ihr noch nie gelaufen war. Als sie dann noch den Hebel bis zum Anschlag hochzog, mussten unwillkürlich ihre Hände die Halteholmen umklammern, während ihre Beine von der Hüfte abwärts im Spiegel an der Wand nicht mehr zu sehen waren.

Auch Hanno, der nun zu seiner eigenen Verwunderung mühelos Schritt halten konnte, sah im Spiegel nur noch das Trugbild sich propellerhaft drehender Speichen.

Alle Bewegungen erfolgten in einer vollkommenen Lautlosigkeit. Er nahm, wenn er zur Seite blickte, nur ihren aufrecht schwebenden Körper wahr, der an ihren

Oberarmen wie festgezurrt zu hängen
schien, während ihre Hände, wie auch bei
ihm, totenblass und mit angespannten Seh-
nen durchzogen, die Halteholmen umklam-
merten. Sein Blick war durch Zufall auf ihre
rechte Schulter gefallen, auf der der blass-
blaue Spaghetti-Faden allmählich in seine
Einzelfäden zerfiel. Wie gebannt wartete er
auf den Augenblick seiner totalen Auflö-
sung, als er schweißgebadet und völlig ent-
kräftet seine Augen öffnete.

Er befand sich noch halb im Dämmerschlaf, als er sich plötzlich an das Umschaltspiel erinnerte, das er am Abend zuvor während eines Fußballspiels zwischen dem FC Bayern und dem BVB begeistert verfolgt hatte und nun mit seinen unvollendeten Traumerlebnissen miteinander verquickte. Ohne ersichtlichen Zusammenhang und ohne sich darüber Gedanken zu machen, spürte er eine rätselhafte Aktivität in sich wachsen, die er auch so schnell wie nur möglich umsetzen wollte. Denn er fürchtete, dass dies nur eines der vielen Trugbilder sein könnte, denen er schon so oft gefolgt war und die sich im Nachhinein in Nichts aufgelöst hatten.

Wie einen Schleier streifte er all seine Lethargie ab, die ihn in den letzten Monaten belastet und jeglichen Antrieb im Keim erstickt hatte. Seine Mutter unterstützte mit Begeisterung sein wieder erwachtes Interesse an der Musik. Sie vor allen Dingen hatte unter seinem Nichtstun am meisten gelitten. Seine ungewöhnliche Betriebsamkeit, seinen unstillbareren Tatendrang deutete sie als eine von ihr lang ersehnte Schicksalsfügung. Er wollte nun doch, wie sie annahm, den Aufbau seiner Solo-Karriere als Cellist ins Auge fassen. Stattdessen verfolgte er andere Ziele. Er entfaltete eine rege Reisetätigkeit.

Natürlich wählte er als erstes Reiseziel Musikveranstaltungen in seiner näheren Umgebung, die von Streichorchestern bestritten wurden. Anschließend verfolgte er Konzerte in den europäischen Metropolen, um dort vielleicht eine Spur seiner im Traum erlebten, Violine spielenden Erscheinung wiederzufinden. Er hatte ausgiebig mit ihr gearbeitet und bis zur Erschöpfung mit ihr trainiert - er war überzeugt, sie irgendwo zu sehen, ihr im wirklichen Leben zu begegnen - ja, ihn quälte nicht der geringste Zweifel, dass er im Grunde Traum und Wirklichkeit einfach miteinander verwoben hatte.

Er reiste mit leichtem Gepäck. Sein Musikkalender war bis ins nächste Jahr ausgefüllt. Das heißt, dass er sich darauf einstellte, monatelang unterwegs zu sein. Er entwickelte ein System, womit er verschiedene Musikereignisse geschickt zu einer Rundreise zusammenfassen konnte. Wenn er während eines Konzerts in den Pausen um sich schaute, fielen ihm einzelne Personen im Publikum auf, die ihm irgendwie bekannt vorkamen. Ihnen war er schon einmal begegnet - ja, er hatte sie schon in Verdacht, sie würden ihn verfolgen. Aber wahrscheinlich gingen sie nur ihrem Beruf nach - vielleicht waren sie Musikkritiker – auf jeden Fall jagten sie keinem Phantom nach wie er.

In Kopenhagen schien sich sein Glück zu wenden - als ob er seinem Ziel einen Schritt nähergekommen wäre. Er besuchte die Jaegerborg-Kirche, die er im Grunde genommen nicht auf seiner Liste hatte. Rein zufällig wollte er einmal die von ihm sonst streng befolgte Systematik durchbrechen und ein Orgel-Konzert besuchen.

Er lauschte den Toccaten und Fugen von J. S. Bach, die ihm ja bekannt waren. Aber ihn interessierte insbesondere die Interpretation von Carol Wächter, von dem er schon so viel Positives gehört hatte.

Wenn er sich konzentrieren wollte, schloss er gewöhnlich seine Augen. Oder er schaute unter die Bank vor ihm, als hätte er dort etwas verloren - in ein Nichts. Durch eine besonders gut gelungene, phantasievolle Improvisation aus seiner Versunkenheit gerissen, erschien sie ihm. Verwirrt blickte er um sich. Zu oft war er einer Fata Morgana aufgesessen. Ausgelöst durch einzelne Partien, die er mit ihr eingeübt hatte, hatten sich in seiner Vorstellungswelt Wirklichkeit und Traum ineinander verschoben. Er starrte ungläubig auf die Partnerin in seinen Träumen, die jetzt neben Carol Wächter saß. Ihr fliederfarbenes, durchscheinendes Chiffonkleid hatte sie gegen ein konventionelles schwarzes Trägerkleid aus Samt vertauscht. Sie trug eine weiße Bluse mit hochgestelltem, glockenförmigem Kragen.

Wie vertraut ihm ihr Gesicht erschien. Wie schön sie immer noch war. Und wie sehr war er ihr verfallen gewesen. Wie in einem Zeitrafferfilm huschten all die Bilder an ihm vorbei, die er immer noch in Erinnerung hatte, als sie die Streich-Duos in einem viel zu schnellen Tempo eingeübt hatten. Auch sah er sich mit ihr wieder als Trainings-Partner auf dem Laufband. Wie verrückt sie war, als sie den Hebel plötzlich bis zum Anschlag hochschob.

Sie saß immer noch neben dem Organisten. Und schaute fragend zu ihm auf in sichtbarer Freude und grenzenloser Bewunderung. Sie vergaß dabei das Notenblatt umzuwenden.

Sei es, dass sich die Aufführung bereits dem Ende näherte, sei es, dass Carol Wächter mit dieser Art von Groupies und ihren Unzulänglichkeiten routiniert umgehen konnte - der Meister hatte jedes Detail der Partitur tausend Mal eingeübt - die zahlreichen Motivverflechtungen - die präzise erklingenden Übergänge - ja, sogar die nur von Kennern hörbaren Farbschattierungen des mit Abstand bekanntesten Orgelwerks Johann Sebastian Bachs waren in seinem Kopf wie eingemeißelt – er achtete nicht weiter auf sie und überspielte ihre momentane Verlegenheit mit einer seiner herrlichen und spontan erklingenden Improvisationen.

Am Ende der Vorführung, als der vibrierende Nachklang der Orgelklänge die ergriffenen Zuhörer bereits losgelassen hatte, näherte er sich ihr. Mit seinen wiegenden, ausholenden Schritten, die für ihn so charakteristisch geworden waren, glaubte er ihre Aufmerksamkeit auf sich zu lenken.

All das spielte aber im Grunde keine wesentliche Rolle. Sie erkannte ihn nicht. Sie besaß nicht die gleiche Erinnerung an ihn wie er an sie. Das heißt, sie schaute ihm offenen ins Gesicht, als er sich ihr näherte, wie einem interessierten Musikfreund, der sich mit ihr über das Orgelwerk austauschen wollte.

Als er dicht vor ihr stand, während sie noch neben Carol Wächter saß, hellte sich auf einmal ihr Gesicht auf. Es wurden keine Worte gewechselt.

Der Meister wandte sich gleichgültig von ihr ab, sammelte und ordnete seine Partituren und Notizen – und sie, ohne ihre Blicke von Hanno zu lassen, erhob sich langsam und streifte mit dem Saum ihres schwarzen Samtkleides das flache grüne

Sitzkissen, auf dem sie neben ihm gesessen hatte. Es drehte sich in der Luft und fiel, angehoben durch einen leichten Luftzug aus der bereits geöffneten Kirchentür, in einem halben Bogen direkt vor ihre Füße.

Achtlos stieg sie darüber hinweg und näherte sich ihm in sehr langsamen wiegenden Schritten, als ob sie sich an ihn wieder erinnerte und ihm das auch zeigen wollte. Ihre Arme breiteten sich aus, und sie begrüßte ihn wie einen alten Freund. Und ohne den herankommenden Geistlichen zu beachten, verließen sie Arm in Arm die dänische Backsteinkirche.

Beide nahmen die erste Morgenfähre nach Lübeck. Das Ablegen der Fähre verzögerte sich jedoch durch die schon seit Tagen angekündigten Herbststürme. Es vergingen Stunden über Stunden, in denen sie auf Deck ihre Runden drehten.

Erst am Abend wurden die Trosse eingeholt, und das Fährschiff nahm langsam Fahrt auf gegen die anstürmenden Wellenberge. Sie tanzten die Nacht durch – berauscht von ihrem gemeinsam empfundenen Hochgefühl und beschwingt durch seine pneumatisch unterstützten ausholenden Wiegeschritte, die auch ihre Bewegungen weit und beschwingt erscheinen ließen. Sie nahmen nicht mehr wahr, ob sie sich selbst wiegten oder ob sie durch das schlingernde Fährschiff bewegt wurden.

Bis vor Lübeck hielten die Stürme an, eine Landung wurde wegen der gefährlich hohen Brandung mehrmals aufgeschoben, zwei lange Tage und Nächte hielt die Passagiere bei Windstärke acht, dann auch neun, in Atem.

Auf drei großen Tanzflächen wurde Salsa oder Walzer getanzt, in einer mit Tischen und Stühlen eingerichteten Bar im Unterdeck wurde nur geschunkelt. Der Kapitän ließ Freibier und alkoholfreie Getränke austeilen, die die Stimmung an Bord zeitweilig aufhellten.

Als sich das Wetter beruhigte, lief eine Armada von Kuttern aus, um die Passagiere an Land zu holen. Hanno und seine vom Kapitän angetraute Frau verließen das Schiff im letzten Boot.

In ausführlichen Schilderungen hatten die Boulevard-Blätter schon die unmittelbar bevorstehende Tragödie ausgemalt. Das musikinteressierte Publikum erinnerte sich dankbar und erleichtert an Hanno, den Cellisten, der noch vor gar nicht so langer Zeit zu den größten Hoffnungen der Musikwelt zählte - an die Ausnahme-Begabung, dessen Name mit auf der Passagierliste stand und die in allen Blättern veröffentlicht wurde.

Auf Drängen der Reporter stellte er in einer Art Pressekonferenz seine junge Frau vor, mit der er ein Streichduo gründen werde. Im Hinterkopf hatte er dabei das Vorspiel, das er mit der Violinistin nächtelang eingeübt hatte. Genau dieses Stück wollte er als Erkennungs-Melodie nach jeder Vorführung als Zugabe aufführen.

Mit seinem federnden Gang, der die Frauenherzen wie immer höherschlagen ließ, erschien er dann auf der Bühne, nahm sein Cello in Empfang, klemmte es mit seiner unübertroffenen Grandezza zwischen seine Beine und gab seiner Frau den Einsatz. Frenetischer Beifall setzte schon während der letzten Schlusstakte ein.

Und wieder nickten sich die Zuhörer vor laufender Kamera mit Kennermiene zu und gaben Rufe des Entzückens von sich. Zum Schluss sprangen sie sogar von den Sitzen und klatschten mit erhobenen Armen in Richtung der Kameras.

Wo war seine neu anvertraute Braut? Als er im Hotel aufwachte, lag ein Zettel nebenan auf der Bettdecke mit der Nachricht, dass sie für die nächste Aufführung zum Friseur musste. Sie zum Friseur? fragte er sich. Er tröstete sich, indem er im Grunde nicht viel von ihr wusste. Er hatte sie geheiratet, ohne zu wissen, wo sie geboren und aufgewachsen war. All das hatte ihn nicht interessiert.

Er war verliebt in sie, sie harmonierten, das Glück stand ihm ins Gesicht geschrieben – ja, plötzlich musste ihn seine Mutter erinnern, welche Pflichten er als Berufsmusiker zu erfüllen hätte, wenn er weiterhin an seiner Karriere arbeiten wollte.

Nachdem er auf die Suche nach ihr gegangen war, mehrere Tage vergangen waren, musste er sich eingestehen, dass das Unfassbare eingetreten war, sie hatte ihn verlassen.

Wie ein Mann manchmal zum Zigarettenautomaten geht, um sich ein Päckchen Zigaretten zu holen, erging es ihm, als seine Frau den Friseursalon besuchen wollte. Natürlich war sie nie dort erschienen. Weitere Nachforschungen unterließ er. Insgeheim hoffte er noch, dass sie eines

Tages wieder auftauchen würde. Aber nachdem er eine Vorführung nach der anderen absagen musste, Vorführungen, die sie selbst arrangiert hatte, wusste er, dass es vorbei war.

Wie er damit klarkam? Gar nicht. Er fing an zu trinken, ließ sich gehen, wurde aus seiner Wohnung geworfen, nachdem er monatelang keine Miete gezahlt hatte, verlor den Kontakt zu Freunden, zur Agentur, die ihn ab und zu vermittelt hatte, kurz – er war inzwischen in einer Verfassung, die ihn aus der Not heraus zwang, wieder das Sozialamt aufzusuchen.

Es machte ihm diesmal nichts aus, wenn er dort als ehemals erfolgreicher Musiker erkannt wurde. Ihre mitleidigen Blicke spürte er aber in seinem Rücken, wenn er wieder das Amt verließ.

Inzwischen besaß er einen Schlafsack, einen kleinen Beutel mit Zahnbürste und Zahnpasta, einem Taschenmesser, das man das schweizerische nannte und das angeblich auch zur Selbstverteidigung diente. Mit dieser Ausrüstung schloss er sich einer

Gruppe an, die er großzügig mit Kostproben seiner Jack-Daniel-Flasche bedachte. Allein dadurch band er Freunde an sich, die er zwar nicht für vertrauenswürdig ansehen würde, die ihm aber einen gewissen Schutz boten. Die gegenseitigen Abhängigkeiten hatte er noch von seiner Mutter in seinem Gedächtnis gespeichert. Es waren kleine Überreste, die aus dieser Zeit bei ihm noch haften geblieben waren.

Er verbat es sich, dass sie ihn Penner nannten. Das war er nicht. Wagte es doch jemand, wurde er rigoros bestraft und aus ihrer Gemeinschaft ausgeschlossen. Einer Gemeinschaft, die durch das Schmiermittel Alkohol und Zigaretten zusammengehalten wurde. Mit einer Konsequenz, die sie sonst in ihrem täglichen Umgang miteinander nicht an den Tag legten. Hanno musste sich nicht selbst darum kümmern. Seine Freunde übernahmen es, wenn unangenehme Dinge zu erledigen waren. Der Delinquent durfte nicht mehr an ihrem täglichen Umtrunk teilnehmen - ja, er wurde regelrecht gemobbt, bis er es endlich einsah, ihre Stadt zu verlassen.

Hanno hatte sicher schon bessere Tage gesehen. Darüber waren sie sich alle einig, aber sprachen nicht drüber. Seine Jacke, in der er mit seinen ausgebeulten Taschen aussah wie eine Beutelratte, war ursprünglich einmal eine kostbare Tweedjacke gewesen.

Ob er sie noch aus seinem früheren Leben mitgebracht hatte oder ob sie ihm geschenkt wurde - ja, darüber wurde nicht viel herumgerätselt. Letzten Endes interessierte es niemanden. Sie hatte den Vorteil, dass sie eine gute Qualität besaß und die eckigen Whiskyflaschen aufnahm. Als Hose diente ihm eine olivfarbene Armeehose mit zwei riesigen Taschen an den Seiten, in denen er als Andenken n seine Freundin seine alte Stimmgabel verwahrte.

Er war nicht der Erbe der berühmten Whisky-Destillerie. Wie sollte er auch. Wie oft musste er sich rechtfertigen, dass er mit dieser Blase nichts am Hut hatte. Der damalige Gründer des Whisky-Imperiums war kinderlos. Wussten sie das nicht? Jack Daniels, um den es hier geht, stammte zwar auch aus Tennessee, dem Sitz der Destillerie. Mit der Whisky-Herstellung hatte er aber nichts zu tun. Er war nur ein guter Abnehmer des geistigen Getränks.

Der Einfachheit halber nannten ihn seine Kumpels Jack Daniels. Niemand wusste, wie er richtig hieß, woher er kam, eines Tages war er einfach da. Da er großzügig mit seiner Flasche umging und jedem, der um ihn stand, schon am frühen Morgen eine Kostprobe anbot - sozusagen als

Morgengruß - war er jedermanns Freund - ja, so spendabel verfuhr niemand sonst mit diesem Stoff. Ab und zu musste er dem einen oder anderen einen Wink geben, die Flasche endlich weiterzureichen. Aber im Großen und Ganzen passten auch hier seine Freunde auf, dass keiner die Kostprobe zu sehr in die Länge zog.

Seine Freunde - ja, er besaß viele Freunde - er zog einen großen Kreis von Freunden an sich, die sich morgens um ihn scharten wie die Motten das Licht. Sie nannten ihn liebevoll Jack. Für sie war sein Name auf wundersame Weise mit dem Stoff verschmolzen, mit dem er so freigiebig umging. Kaum zog er ihn aus seiner Jackentasche, stellten sie sich nacheinander auf wie im Kindergarten und warteten geduldig, bis sie an die Reihe kamen.

Sein Vorrat schien unerschöpflich zu sein. Darauf angesprochen, woher er denn immer bei Kasse wäre, zog er nur seine Schultern hoch und grinste. Dann antwortete er verärgert, er fände das Geld auf der Straße. Genauso wie sie auch. Worüber seine Freunde nur ungläubig lächelten.

Vielleicht lag sein Geheimnis darin, dass er sich nur in den nobleren Stadtvierteln aufhielt, wo er den Besserverdienenden begegnete. Denen, die ihn erkannt hatten und ihm schnell einen Schein zusteckten. Nie wäre ihm eingefallen, sich vor Discountläden, Sparkassen und Billig-Textilläden zu postieren. In einem Schließfach des Hauptbahnhofs lag ein abgetragenes Sakko, dem man ansah, dass es einmal bessere Tage erlebt hatte, aber immer noch eine sehr gute Qualität besaß. Das war seine Arbeitskleidung, mit der er die Rolle des durch Schicksalsschläge aus der Bahn geworfenen, höheren Angestellten spielte.

Er löste eine Fahrkarte und fuhr, immer im Wechsel zu einem noblen

Stadtviertel, diesmal ins Geschäftsviertel der Stadt, in dem Banken, Versicherungen, große Modehäuser und Firmensitze namhafter Unternehmen angesiedelt waren. Hier war sein Betätigungsfeld und hier lag seine zweite Pfründe. Und hier fand er das besser gestellte Publikum, dessen Großzügigkeit sich aus Prinzip zwar in Grenzen hielt. Aber bei einem oder dem anderen, der während der Lunch-hour an ihm vorbeihastete, regte sich doch ein kleiner Rest seines Mitgefühls, das ihm zeigte, wie schnell es gehen kann, seinen Job zu verlieren.

Sie betrachteten ihn als einen der Ihren, der gescheitert war. Vielleicht würden sie selbst einmal in die gleiche Lage kommen, wildfremde Menschen um ein Almosen anzugehen. Es versteht sich von selbst, dass er in der Regel nur Scheine erhielt, die in seinen Hut flatterten. Mit seiner Beute, die er gegen Abend zählte, war er immer zufrieden. Mit ihr war sein Lebensunterhalt gesichert, auch ohne staatliche Unterstützung, die er inzwischen nicht in Anspruch nahm. Am Anfang seiner Karriere als Straßenwanderer und Gelegenheitsbettler erfuhr er auf dem Amt nicht die Wertschätzung, die er von früher her noch gewohnt war.

Er entschloss sich, unabhängig zu bleiben und um keine staatliche Zuwendung zu bitten. Mit seinen Einnahmen konnte er sich in seinem Stammlokal ein exzellentes Essen mit allem Drum und Dran leisten, ein Bier dazu trinken und anschließend noch eine oder zwei Flaschen Jack Daniels zu kaufen.

Gegen Abend suchte er, schon in gelöster und entspannter Stimmung, seine angestammte Schlafbank auf, die in seinen Augen etwas Heimeliges besaß. Er liebte sie und betrachtete sie als sein Zuhause. Sie lag verborgen unter einer Trauerweide, rundum mit hängenden Ästen umflort und mit einer guten Aussicht auf einen Flanierweg, der dicht an seinem Baum entlangführte.

Nachdem er tagsüber als umherstreifender Stadtwanderer seiner Arbeit nachging und an den gut besuchten Eingängen der Banken und Versicherungen und vor dem riesigen Kirchenportal sein

Auskommen redlich verdiente, ließ er auch nachts keine Minute ungenutzt verstreichen. Er stellte, noch bevor er sich in seinen Mantel hüllte, einen seiner Joghurtbecher neben sich auf den Boden, in den er ein paar Münzen legte - zur Aufmunterung für den Wanderer, der abends noch ein paar Runden mit seinem Hund drehte.

Noch vor dem ersten Morgengruß aus seiner Jack-Daniels-Flasche zählte er die eingenommenen Münzen, die sich oft wie durch ein Wunder über Nacht vermehrt hatten, einmal sogar mit einem zusammengefalteten 20-Euro-Schein. Ab und zu wurde jedoch das eherne Gesetz unter Dieben und Landstreichern auf schamlose Weise verletzt, indem er den Becher am nächsten

Morgen leer vorfand. Zum Hohn mit einer zurückgelassenen ein-Cent-Münze. Er hatte sich vorgenommen, nachts wach zu bleiben. Aber nach einem arbeitsreichen Tag, an dem er die halbe Stadt durchquert hatte, um seinen Platz vor der Deutschen Bank wieder zurückzuerobern, den einige bulgarische Bettler eingenommen hatten, übermannte ihn der Schlaf, kaum dass er sich hingelegt hatte.

Zwei, drei Kumpels, seine Brüder im Geiste, die er als seine Berufskollegen gut kannte und die immer seine Nähe suchten, sobald er nach Geld roch, hatte er in Verdacht. Irgendwie hatten sie auf der Straße ein Gespür entwickelt, wer über Nacht zu Geld gekommen war.

Aber keiner von ihnen würde jemals zugeben, dass er sich nachts aus seinem Becher bedient hatte. Ehrlichkeit unter Freunden war für sie schließlich ein ungeschriebenes Gesetz, behaupteten sie. Immerhin zeigten sie ihre schauspielerische Begabung, indem sie mit aufgerissenen Augen ins Nirgendwo des blauen Himmels starrten, ihre drei gespreizten Finger in die

Luft streckten und schworen, dass sie nie diesen Kodex verraten würden.

Hanno rechnete ihnen vor, wieviel ihm in den drei Nächten, in denen er nur einen Cent im Becher vorgefunden hatte, entgangen war. Er errechnete den Durchschnitt seines Einkommens des letzten halben Jahres und kam auf 8,49€ pro Nacht. Summa summarum waren es in den drei Nächten 25,47€.

Falls einer unter ihnen war, der ihm das Geld zurückgeben möchte, könnte er es in der folgenden Nacht ungesehen wieder in seinen Becher legen. Erst dann, und nur dann, könnte er sie wieder zu einem morgendlichen Umtrunk einladen.

Es überraschte ihn selbst, dass er plötzlich so entschieden auftreten konnte. Er wunderte sich auch darüber, dass seine Gehirnzellen trotz seines ausschweifenden Alkoholkonsums noch so gut funktionierten, entgegen den Prophezeiungen seines Onkels, der sie dahinschmelzen sah wie das Eis am Stiel. Keiner seiner Freunde vermutete, dass Jack Daniels/alias Hanno vor seinem Absturz Mathematik studiert hatte, wie es ihm seine Mutter ans Herz gelegt hatte. Immerhin schaffte er mit einer gewissen Verzögerung seinen Abschluss, der ihn befähigte, freiberuflich als Gastdozent an einer Hochschule zu unterrichten, wo er in seiner Doktorarbeit das Pythagoräische Tripel untersuchte, was auch immer das bedeutete. Es ging dabei um drei natürliche Zahlen, die er auf babylonischen Tontafeln entdeckt hatte, die sehr lange vor unserer Zeitrechnung entstanden waren. Ihn interessierte damals die Mathematik gleichermaßen wie die Archäologie und die Musik.

Auf dem langen Weg der ermüdenden Recherchen und nächtelangen Studien in uralten pergamentgebundenen Folianten verlor er allmählich seine Begeisterung. Die Gabe, sich durchzubeißen, Widerstände zu überwinden und bis zum Ende seiner Forschungen durchzuhalten, war bei ihm weniger ausgeprägt. Nach zwei, drei Monaten gab er sein Vorhaben auf. Ihm kam zu Bewusstsein, dass das Thema ihn völlig überforderte und er sah voraus, dass er auf lange Sicht keinen Erfolg haben würde.

Seine Ara, die an seiner Seite aus-
harrte und ebenfalls auf der Straße lebte,
glaubte an ihn. Sie wartete darauf, dass
Jack eines Tages imstande wäre, eine Familie zu ernähren. Sie schaute besorgt in die
Zukunft. In ihre eigene Zukunft, die ihr Jahr
um Jahr düsterer erschien und sie zu einer
Entscheidung zwang. Und wie es so aussah,
war Hanno auf dem besten Wege, ihre ge-
meinsame Zukunft infrage zu stellen. Nichts
gelang ihm. Beim kleinsten Widerstand ließ
er die Flügel hängen.

So einen Typen konnte sie nicht
brauchen. Für eine Familiengründung schien
er nicht geschaffen. Und sie? Wer würde einer Frau Vertrauen schenken, die auf der
Straße lebte und es gerade so schaffte,
über die Runden zu kommen. Es dauerte
auch nicht lange, dass sie sich anderweitig
umsah und eines Tages aus ihrem gemeinsamen Umfeld verschwand.

Er begann wieder mehr zu trinken
wie früher, als es ihm genauso schlecht
ging und er Schwierigkeiten hatte, ein

Mädchen anzusprechen. Auch diese Situation bewältigte er einigermaßen, indem er damals vor einem Date ein oder zwei Gläschen Wodka herunterkippte. Die Gene, die sonst jeder Trinker zu seiner Entlastung anführte, schienen bei ihm eine entscheidende Rolle zu spielen.

Seinen Vater hatte er zwar nie kennengelernt. Alle Fotos im Familienalbum, auf denen er zu sehen war, hatte seine Mutter entfernt. Die wenigen Andeutungen, die er über ihn erfahren konnte, stammten von seinem Onkel, dem Bruder seines leiblichen Vaters. Aber auch ihm musste er jede Information aus der Nase ziehen.

Immerhin erfuhr er von ihm, dass sich sein Vater dem Alkohol verschrieben hatte. Zwei Mal war er im Entzug, beide Male wurde er rückfällig. Solange er aber gute Arbeit leistete, akzeptierte ihn sein Chef. Er war einer seiner besten Verkäufer, der zwar Gewohnheitstrinker war. Aber er schätzte ihn und hielt an ihm fest, weil er der Einzige in seinem Team war, der durchweg ausgezeichnete Verträge für ihre Versicherung aushandeln konnte.

Nichts deutete darauf hin, dass es einmal anders werden könnte. Nur seinem Bruder, Hannos Onkel, fiel es bei einem Besuch auf, dass er seinen Alkoholpegel immer weiter hochgeschraubt hatte. Ein Kneipenbesuch wurde ihm zum Verhängnis. Er spürte zum ersten Mal, dass er den Bereich des kontrollierten Trinkens verlassen hatte.

Beim Verlassen des Lokals wäre er fast vom Hocker gefallen. Auch als er in seinem Auto saß, bereitete es ihm große Schwierigkeiten, auf einer Kreuzung rechtwinklig abzubiegen. Er streifte einen Laternenpfahl, dessen Licht sofort erlosch. Nur ein gelber, fahler Lichtschein erhellte in der stockdunklen Nacht die Zebrastreifen vor ihm, auf denen eine schwarze Gestalt wie ein Schatten an ihm vorbeihuschte. Hinter sich zog er einen zweiten Schatten, den er mit seinem linken Vorderrad überfuhr.

Wie es sich später herausstellte, hatte er soeben einen Hund überfahren. Er hing noch an der Leine, als sein Besitzer zu schreien begann und sich verzweifelt zu ihm hinunterbeugte. Hannos Vater saß unterdessen wie versteinert hinter seinem Steuer und konnte sich nicht bewegen. Als eine Polizeistreife erschien, zog sie ihn aus dem Auto und stellte ihn auf die Füße. Er hielt sich mit erhobenen Armen an der Dachreling fest. Es fiel ihm schwer, in das Gerät zu pusten, das ihm vors Gesicht gehalten wurde. Ihm wurde schlecht und er musste sich übergeben. Ein zweites Mundstück wurde aufgesetzt und die Prozedur wiederholt.

Die Messung ergab einen Wert von über drei. Sein Auto wurde an den Straßenrand geschoben, während er zur Kontrolle zu einem Arzt gefahren wurde. Das Gericht entschied später, dass er seine Fahrerlaubnis verlor. Er fuhr noch eine Zeit lang mit der Straßenbahn zur Arbeit. Dann hörte sein Bruder, dass er in eine andere Stadt gezogen war, wo er eine neue Stelle antrat. Wo er sich letzten Endes niedergelassen hatte, wollte er seinem Neffen nicht verraten.

Hanno hatte genug erfahren, um seinen Vater kennenzulernen. Mehr wollte er nicht wissen. Sollte er tatsächlich die Anlagen seines leiblichen Vaters geerbt haben, dann ließ es sich nicht ändern. Die Verlockung war zu stark, durch einen Schluck aus der Flasche unüberwindlich erscheinende Schwierigkeiten auf einen Schlag aus dem Weg zu räumen.

Sein Onkel behauptete, sicher um ihn abzuschrecken, dass sich das Gehirn seines Vaters durch den regelmäßigen Alkoholkonsum zurückentwickelt hätte - ja, es wäre immer kleiner geworden, messbar kleiner, so dass er zum Schluss nicht mehr wusste, wie er hieß.

Dass seine Gehirnzellen bei jedem Vollrausch dahinschmolzen wie das Eis am Stiel - dieser Vergleich schien ihm zu gefallen, denn er verwendete ihn auch für Hanno, von dem er befürchtete, dass er den gleichen Weg eingeschlagen hätte wie sein Vater.

Aber als Jugendlicher hatte er im Lexikon seiner Schule genau vom Gegenteil erfahren. Zugegeben - es gingen bei einem Vollrausch dreißigtausend Zellen für immer verloren. Na und? Was bedeutete das schon im Verhältnis zu den einhundert Milliarden

Gehirnzellen, die jeder Mensch besaß? So gut wie nichts. Außerdem besaßen sie die wunderbare Eigenschaft, dass sie sich wieder regenerierten.

Hanno kannte einen Gewohnheitstrinker. Einen früheren Freund, der etwa zwei Jahre älter war als er und Sam hieß. Sie hatten sich irgendwie aus den Augen verloren. Auf Typen wie er hatte er nie großen Wert gelegt. Sie langweilten ihn gewöhnlich zu Tode. Er konnte verstehen, wenn Sam vor sich selbst Reißaus nahm, irgendwann in den Laden ging, um eine Flasche Korn zu kaufen. Wie konnte er einen Schnaps aus Getreide herunterwürgen? fragte sich Hanno. Ohne Geschmack, ohne einen Hauch von Aroma eines Eichenfasses. Nur blanker Alkohol. Wie armselig.

Er traf ihn zufällig auf einer Bank sitzend, als er eine Abkürzung durch den Stadtpark nahm. In seiner Hand hielt Sam noch eine geöffnete Flasche Korn, aus der er gerade getrunken hatte. Natürlich reichte er sie ihm rüber, nachdem sich Hanno zu ihm gesetzt hatte. Sie waren früher eng befreundet und Hanno hatte keine Problem-leme, ihn auszufragen.

Wenn du einen gewissen Alkoholpe-gel erreicht hast, fühlst du dich sauwohl, dozierte er und tat so, als wüsste er nicht, dass Hanno ein Trinker war. Du denkst dann, fuhr er fort, dass du alle Probleme lö-sen könntest und dass dir alles gelingen würde. Und dann trinkst du noch einen Schluck und noch einen und dann merkst du, dass du immer lockerer wirst, deine Ge-danken fangen an zu fliegen, du fängst an, utopische Pläne zu schmieden und gleich-zeitig spürst du, wie gut du dich fühlst. Du lebst in der Illusion, dass du dich immer un-ter Kontrolle hast und jederzeit aufhören könntest, wenn du nur wolltest.

Hanno hörte eine Weile geduldig zu. Er wunderte sich, mit welcher Überzeugung er ihm diesen Quatsch erzählte. Als wäre er im Therapie-Geschäft zuhause und könnte mit seinem Halbwissen einen Unbedarften beeindrucken. Hanno kannte ihn noch von früher als Typen, der unter einer Art Rede-zwang litt und die Leute in Grund und Bo-den redete, ob sie es hören wollten oder nicht. Inzwischen setzte Hanno mehrmals die Flasche seines Kumpels an, breitete seinen Mantel neben ihm aus und machte es sich darauf bequem.

Sein Freund von früher war inzwischen richtig in Fahrt und schien von den Vorbereitungen Hannos zu einem kurzen Mittagsschlaf nichts mitbekommen zu haben. Er fuhr mit seinem Vortrag fort, als wäre er nur kurz unterbrochen worden. Wenn der Alkoholpegel nach einer gewissen Zeit sinkt, will er wieder aufgefüllt werden – ja – hier unterbrach er sich und schaute irritiert auf Hanno, der neben ihm lag und bereits eingeschlafen war.

Ja, der Alkoholpegel will aufgefüllt werden, sonst geht es dir sauschlecht und du fängst an zu zittern und wirst ganz nervös – wieder schaute er zu Hanno - er bückte sich zu ihm hinab und redete in gleicher Lautstärke weiter, als wollte er ihn im Schlaf therapieren. Direkt in sein Ohr schrie er, dass er sich nicht zufriedengibt, dass er sich leider nicht mit dem bisherigen Quantum begnügt, dein Alkoholpegel, er will mehr, mit der Zeit wird er unersättlich. Und wenn du dann nicht einen Rest von Selbsterhaltungstrieb besitzt, dann bist du verloren, Hanno, dann landest du in der Gosse, Hanno, und musst vom Roten Kreuz eingesammelt werden. Und zum Ausnüchtern wirst du dann in einen kahlen Raum gebracht, den man am nächsten Morgen ausspritzen muss, weil du in der Nacht alles vollgekotzt hast. Ja!

Er setzte sich wieder gerade hin und fuhr in seiner Rede fort, als würde ihn eine unbekannte Kraft dazu zwingen – ja, wenn du allerdings die Stärke besitzt und weißt, wann der Punkt erreicht ist, an dem du aufhören müsstest - ja, dann hast du die Chance zu leben wie jeder andere auch. Ab und zu musst du dem Verlangen nachgeben. In eine Ecke wirst du einen Schluck aus deinem Flachmann nehmen. Denn danach bist du wieder funktionsfähig und kannst sogar erfolgreich deinen Beruf ausüben.

Es bleibt nicht aus, dass deine Kollegen mit der Zeit mitkriegen, was mit dir los ist. Solange du aber deine Leistung bringst, ein wertvoller Mitarbeiter bleibst, wirst du geduldet. Fällst du aber zu oft auf – hier unterbrach er ihn und fragte ihn, warum er denn ihm den ganze Quatsch erzähle - indem du zum Beispiel Termine nicht einhältst, Kunden anblaffst oder Firmenwagen zu Schrott fährst und dir endgültig der Führerschein abgenommen wird, dann ist eines Tages dein Schicksal besiegelt. Dann lebst du auf der Straße, weil du nichts verdienst, womit du deine Miete bezahlen kannst.

Wovon redet er denn die ganze Zeit, wunderte sich Hanno, der inzwischen aufgewacht war. Hanno wusste das, er brauchte keine Belehrung, er hatte inzwischen wieder die Flasche seines Kumpels angesetzt und getrunken, hörte kaum noch zu, je länger die Litanei neben ihm anhielt.

Er wusste jetzt, warum er den Kontakt mit ihm irgendwann einschlafen ließ, er mochte keine Schwätzer, die nie aufhörten zu reden, zu reden und zu reden.

In aufgeräumter und freudiger Stimmung versammelten sich einige seiner Freunde am Vormittag des nächsten Tages. Hanno hatte sie zu einem Umtrunk eingeladen. Während einer nach dem anderen an ihrem bevorzugten Treffpunkt im Stadtpark eintrudelte, gesellte sich auch eine Frau zu ihnen. Fragend schauten sie ihn an, ob er sie denn eingeladen hätte, einige Stimmen hörte er, die behaupteten, dass sie eine reine Männergesellschaft wären. Eine Frau? Hier und unter Männern, die nicht gerade einen verwahrlosten Eindruck machten, aber sich offenbar mehr vor ihr genierten als vor einem Passanten, den sie um einen Euro anbettelten.

Die Kleidung der Frau war sauber, wenn auch etwas in die Jahre gekommen. Als die Flasche auf einen Wink Hannos auch an sie weitergereicht wurde, nahm sie wie selbstverständlich einen kräftigen Schluck, bevor sie sie weitergab. Er begegnete ihren Augen und wusste gleich, dass sie nicht auf der Straße lebte. Sie hatte nicht den resignierenden Blick von Frauen, die mit einer wegwerfenden Hand zeigten, dass sowieso alles egal wäre. Sie war auch nicht in Begleitung eines Hundes erschienen. Ihm fiel auf, dass diese Frau einen zielgerichteten Blick besaß, der etwas suchte, das Hanno noch nicht herausgefunden hatte, bis sie sich ihm näherte und ihn höflich um einen weiteren Schluck aus der Flasche bat.

Sie berührte seinen Unterarm und schob ihn unbemerkt aus dem Kreis seiner Freunde, um mit ihm zu reden. Ausgerechnet ihn hatte sie sich auserkoren, dachte er und fragte sich, ob sie vielleicht die Flasche völlig leer trinken wollte.

Mit gedämpfter Stimme machte sie ihm das Angebot, für sie zu arbeiten. Sie würde für jede verwertbare Information etwas springen lassen, vielleicht auch eine Flasche Jack Daniels spendieren.

Alles Weitere, schlug sie vor, würde sie ihm an seinem Schlafplatz unter der Trauerweide sagen. Sie hatte ihn dort schon mehrere Male beobachtet, wie er sich abends an den herunterhängenden Ästen entlangtastete, um in der Dämmerung seinen Schlafplatz aufzusuchen.

In der Abgeschiedenheit, in die er sich dorthin zurückzog, fürchtete sie, spielte er geradezu den Lockvogel. Er wusste nicht, wovon sie redete.

Als er sich abends wie üblich auf den Weg machte und sich seinem Schlafplatz näherte, saß sie bereits auf seiner Bank und erwartete ihn. Wie eine Zauberfee holte sie aus ihrem Rock eine Flasche Jack Daniels und reichte sie ihm, während er sie verdutzt ansah. Er bräuchte sich nicht über sie wundern, sagte sie ihm. Sie möchte ihn damit für sich gewinnen.

Sie brauche ihn für eine Zusammenarbeit, die sich auch für ihn auszahlen würde. Ihre Ehrlichkeit ließ ihn aufhorchen - in der Regel hatte er es mit Menschen zu tun, die mit glatt erfundenen Geschichten hausieren gingen, auch wenn sie manchmal skurril und phantasiereich klangen, sich am Ende aber als plumpe Aufschneiderei entpuppten.

Sie möchte ihn einladen, fuhr sie fort, mit ihr zu kooperieren, zumal er täglich unterwegs sei und hier und da mithöre, was seine Kumpels berichten. Vielleicht hatte er aus der Presse oder durch seine Freunde schon erfahren, dass nahezu wöchentlich unter den Obdachlosen einer seiner Kumpels auf rätselhafte Weise abhandenkäme. War ihm das noch nicht aufgefallen? Zum Beispiel bei seinem morgendlichen Umtrunk, wenn einer oder der andere fehlte? Er wüsste nichts davon, sagte er, aber in seinen Kreisen wäre ein ständiges Kommen und Gehen nichts Ungewöhnliches.

Einer hätte zum Beispiel entschieden, in eine andere Stadt zu gehen, weil sich ihm gerade eine Mitfahrgelegenheit bot, der andere war vielleicht mit dem Gesetz in Konflikt geraten und weggesperrt worden.

Manche gingen auch für ein paar Tage ins Krankenhaus und ließen sich dort behandeln - es gab viele Möglichkeiten, warum regelmäßig erscheinende Freunde auf einmal nicht mehr anwesend sind. Und genauso häufig geschähe es, wenn sie nach ein paar Tagen wieder auftauchten.

Es fehlten inzwischen acht seiner Kumpels, auf die er nicht mehr warten müsste, sagte sie. Sie würden nicht mehr bei ihm auftauchen. Wenn wir Glück haben, fuhr sie fort, würden sie durch die Spürnase eines Hundes gefunden. Manchmal unter Gestrüpp versteckt, aber immer mit entblößter Brust, auf der ein mittelalterliches Ritterkreuz eingraviert wäre, mit der Headline ‚Freikorps Deutschland'. Offenbar wurde die Gravur anschließend mit schwarzer ‚Eternal Tattoo-Ink' eingerieben, als müsste die Inschrift ewig leserlich bleiben.

Da er tagsüber seiner Arbeit nachging und unbedingt auch seine Nachtruhe bräuchte, würde sie ihn im eigenen Interesse auffordern, nachts etwas vorsichtiger zu sein. Er wäre geradezu prädestiniert, dank seines einladenden Nachtlagers, als nächstes Opfer in der Zeitung zu stehen. Ritualmorde dieser Art ließen sich zeitlich oft vorausberechnen.

Ihr Profiler wäre der Auffassung, dass der oder die Täter in den folgenden zwei, drei Nächten wieder aktiv werden könnten. Opfer unter seinen Kumpels wären schließlich leicht zu finden, meinte sie. Überall, in den entlegensten Ecken und Winkeln würden sie ihr Nachtlager aufschlagen. Und gerade dieser Umstand würde die Spurensuche und ihre Auswertung erheblich erschweren. Ihre Leichen werden nur durch Zufall entdeckt. Oft zu einem Zeitpunkt, wenn ihre Zersetzung bereits in Gang ist. Einzelheiten möchte sie ihm lieber ersparen.

Natürlich könnte man den naheliegenden Gedanken haben, dass die Morde durch rechtsgerichtete Kreise verübt würden. Die Inschrift und das Emblem weisen darauf hin. Das ‚Freikorps Deutschland' ist nur eine Gruppierung unter vielen, die sich einer rechtsgerichteten Ideologie verschrieben haben. Sie agieren hauptsächlich im Untergrund.

Insofern bleibt es für sie ein Rätsel, warum sich das ‚Freikorps Deutschland' auf diese Weise offen zu seiner Tat bekennt, indem es sogar sein Emblem hinterlässt. Die Vereinigung ist ein loser Verbund, aber eng vernetzt, in dem naturgemäß auch Fanatiker ihre Heimat finden.

Ach Elsa, unterbrach sie Hanno, der den ganzen Schmus ebenfalls bei Wikipedia gelesen hatte. Glaubte sie das, was sie da gelesen hatte? Ja, fuhr sie fort und ließ sich von Hanno nicht davon abbringen, dass die

Organisation undurchsichtige Typen auf-
nähme, Fanatiker und Irregeführte, die dort
ihre Heimat fänden. Ihre Mitglieder vertre-
ten Überzeugungen, die aus der nationalso-
zialistischen Propaganda stammen könnten.
Zum Beispiel glauben sie, dass das Deutsche Reich immer noch existiert. Wie kann
man nur solch einen Unsinn glauben? fragte
Hanno. Sie erwecken den Eindruck, als hätten sie die Kapitulation des Dritten Reichs
gar nicht mitbekommen, als hätten sie über
siebzig Jahre lang bis heute im Tiefschlaf
verbracht.

Ihre Mitglieder – und das ist wichtig
für dich, Hanno – sie sprach ihn diesmal direkt an, um seine Aufmerksamkeit auf sich
zu lenken, ihn von dem starren Blick zu lö-
sen, den er gerade einem Mädchen im Mini-
rock zuwandte – sie wollen ihr Deutschland
von allen Fremdkörpern säubern, Hanno,
Fremdkörper, wie sie sie nennen, die sich
bei uns eingenistet haben. Damit meinen
sie die Immigranten, die Flüchtlinge, die Ju-
den, die Muslime, die Zigeuner und vor allen Dingen auch die Bettler und Obdachlosen - Hanno, damit bist du gemeint - die die

Straßen und öffentlichen Anlagen der Stadt mit ihrer fremden Kultur versauen. Und du, Hanno, gehörst nicht nur dazu, sondern sie wollen dich eliminieren, kapierst du das nicht?

Auch wenn sie dieses Gedankengut persönlich nie erfahren haben, glauben sie an das, was ihnen von früh bis spät im Sinne ihrer Heilslehre vorgebetet wird. So lange und so oft, bis sich der Mist in ihrem kranken Hirn festgesetzt hat.

Wie wir wissen, haben sie Erfolg damit. Viele Unzufriedenen und gescheiterte Existenzen laufen in ihre offenen Arme. Sie bieten ihnen die Wärme einer Familie. Plötzlich sind sie etwas, etwas Bedeutendes.

Sie werden beachtet und erhalten ihre Identität zurück, die ihnen offensichtlich auf der Straße verloren gegangen ist. Sie bekommen auch wieder ihr Wertgefühl zurück, sie werden geschätzt und wissen auf einmal, wer an ihrem Unglück schuld ist.

In erster Linie die vielen Ausländer, die Anders-Gläubigen, die Anders-

Denkenden und die anders Lebenden. Damit meinen sie dich, Hanno. Dich und deine Kumpels. Hoffentlich weißt du, dass auch du auf ihrer Liste stehst. In ihrem Pflichtprogramm steht, dass sie Deutschland von Leuten wie dich befreien wollen

Sie wollen es säubern, verstehst du? Säubern von euch! In ihren Augen seid ihr Ungeziefer, das sie ausrotten wollen. Wenn du jetzt immer noch nicht kapierst, kann ich dir auch nicht helfen.

Mir geht das langsam auf den Sack, Elsa, erwiderte Hanno, deine Belehrungen sind mir sowas von zuwider, dass ich dich jetzt allein lasse. Ich kann das, was du hier verzapfst, nicht mehr ertragen. Ob nun ein Zusammenhang zwischen den Ritualmorden und dieser Organisation besteht oder ob die Morde mit den Einritzungen ihrer Embleme nur auf sie ablenken sollten? Darüber konnte die Kommissarin kein endgültiges Urteil abgeben.

Also was denn? Haben die Morde etwas mit ihnen zu tun oder nicht? fragte er ziemlich unwirsch und verschwand unter

seine Trauerweide, während sie die halb-
leere Jack Daniels unter seine Bank legte
und sich ebenfalls auf den Weg nachhause
machte.

Tatsächlich ereignete sich noch in dieser
Nacht der neunte Todesfall. Die Kommissarin hatte es vorausgesagt. Hanno erfuhr davon, als er sich am nächsten Tag mit seinen
Kumpels traf. Und sofort fuhr ihm ein
Schreck in die Glieder, da die Voraussage
der Kommissarin ihm selbst zugedacht war.
Gottseidank hatte er am gestrigen Abend
noch einen Freund besucht, einige Kilome-
ter entfernt.

Er musste mehrmals die Geschäfts-
meile entlanglaufen, um einen günstigen
Platz für sich und seinen Kumpel zu ergat-
tern. Es versteht sich von selbst, dass er
am Abend nach seinem Schlaftrunk sofort in
seine Traumwelt versank, kaum dass er
sich hingelegt hatte.

Die Kommissarin bat ihn am nächsten
Tag, mitzukommen. Sie erhoffte sich nä-
here Auskünfte zu erhalten, wenn ihm beim
Anblick seines Kumpels etwas auffiel.

Diesmal war alles anders. Das Gesetz der Serie war nach acht ähnlich ausgeführten Morden diesmal radikal geändert worden. Die Möglichkeit bestand, dass der Täter die Abfolge der bisherigen Tötungsrituale nachgeahmt hatte, um den Verdacht von sich abzulenken. Völlig entgeistert bemerkte die Kommissarin, dass zusätzlich zu den bisher obligatorisch durchgeführten Einritzungen in die Brust des Opfers auch sein Kopf abgetrennt worden war.

Hanno stieg widerwillig in ihr Auto, fuhr mit ihr in die südlichen Randgebiete der Stadt, wo sie vor einem verlassenen und beängstigend baufälligen Gehöft anhielten. Sie tasteten sich einen schmalen Gang entlang, stiegen eine knarzende Holztreppe in das obere Stockwerk, wo sie seinen Kumpel in einem kleinen Zimmer auf einer schmalen Matratze liegen sahen. Das heißt, dass sie nur seinen Rumpf vorfanden. Hanno erkannte sofort Philippe, der eines Tages aus Portugal zu ihnen gestoßen war und sich ihnen ohne viel Umstände anschlossen hatte. Ihm fiel auch seine lange Hängetasche auf, die er immer bei sich trug und oft das Gelächter der Kumpels auf sich zog, weil sie ihm bis zu den Knien reichte und ihn beim Gehen ständig in die Quere kam. Der lange Tragriemen war wie immer noch um seine Schulter geschlungen und völlig von seinem Blut durchtränkt.

Die Kommissarin führte ihn wieder die Stiege hinab. Durch eine Holztür auf der Rückseite des Hauses erreichten sie einen kleinen, vernachlässigten Kräutergarten. Mitten auf einem Hügel, der mit Unkräutern übersät war, thronte der Kopf des Portugiesen. Er stand senkrecht auf seinem Hals, der am unteren Ende eingegraben und mit Erde angehäufelt war, als wäre er nach den vielen Regentagen wie ein Pilz aus dem Boden geschossen.

Seine Augen waren geschlossen, während seine Mundwinkel leicht verzerrt nach oben zeigten. Hanno hatte den Eindruck, dass er ihn verschmitzt anlächelte, als wollte er ihm eine seiner skurrilen Erlebnisse aus der portugiesischen Heimat erzählen. Durch seinen halb geöffneten Mund war sein silberner Schneidezahn und ein gelbfarbiger Eckzahn zu sehen. Dazwischen gähnte eine Zahnlücke, durch die er immer seine von allen bewunderten Spuckkünste vorführte.

Als er von der Kommissarin wieder zu seinem Schlafplatz unter der Trauerweide gebracht wurde, musste er sich hinlegen. Das Ganze hatte ihn ziemlich mitgenommen. Für heute war sein Arbeitstag beendet. Sich noch einmal in das lärmende und turbulente Stadtzentrum zu begeben, um eine lukrative Ecke für seine Arbeit ausfindig zu machen - nein, dazu war er heute nicht mehr in der Lage.

Er nahm noch einen Schluck aus der halb vollen Flasche, die die Kommissarin unter seine Bank gestellt hatte, als sie ihn zum letzten Mal aufgesucht hatte. Auf wundersame Weise hatte sie niemand entdeckt und an sich genommen.

Auf seinem mit mehreren Decken gepolsterten Lager deckte er sich mit seinem Mantel zu, streckte und dehnte sich und wäre am liebsten so für immer liegen geblieben, während er mit offenen Augen nach oben in die Baumkrone starrte. Er merkte noch, wie die Augenlider immer schwerer wurden und sich langsam über seine Augäpfel schoben, als er verschwommen einen Schatten über sein Gesicht huschen sah.

Wahrscheinlich war es wieder einer der zwei Raben, dachte er, der mit ihm die Trauerweide als Schlafplatz teilte und hoch oben in der Baumkrone sein Nest aufsuchte.

Er musste an den Kopf von Philippe denken, der ihm im Traum erschienen war. Er sah noch so frisch und unberührt aus, als wäre er gerade aus dem Boden gewachsen. Irgendjemand muss ihn nach dem Massaker gewaschen und sorgfältig gesäubert haben.

Auch seine Lippen waren geschminkt, erinnerte er sich, und seine Augenbrauen mit einem dunklen Stift nachgezogen. Er wunderte sich, dass Philipe volles schwarzes Haar trug. Oder war es eine Perücke?

Auf einmal sah er eine Menge weiterer Köpfe, die in mehreren geraden Reihen auf einem weitläufigen Acker wuchsen. Als er genauer hinsah, entdeckte er, dass sie Stahlhelme trugen. Olivgrüne Stahlhelme in einer Form, wie er sie von den Fotos aus dem zweiten Weltkrieg kannte. Er versuchte sie zu zählen. Ja, sobald er irgendwo mehr als zehn Objekte sah, musste er sie nach-zählen. Schon in seiner Jugend besaß er diesen Tick des Zählzwangs. Vielleicht war das der Ursprung seiner Liebe zur Mathe-matik. Wohin er auch ging oder reiste, musste er zählen, die Kilometersteine am Rand der Autobahn, die weißen Pfähle vor der Ausfahrt – er war erst zufrieden, wenn er seinen Wissensdrang befriedigt hatte.

Er zählte fünfzehn Reihen zu zwanzig Köpfen. Alle dreihundert Köpfe waren in Reih und Glied angeordnet und in einer Waldlichtung von alten Eichenbäumen um-geben. In seinem Traum fand er wie durch ein Wunder auch eine Kladde, in die er die Anzahl jeder Reihe notierte, zusammen-zählte und als Summe in der rechten Spalte eintrug.

Als er nach einer Weile wieder auf das Feld schaute, sah er verwundert, wie sich die Köpfe auf ein geheimes Kommando hin nach links und rechts bewegten und sich schüttelten, als fühlten sie sich in der Erde, in der sie steckten, eingeengt.

Sie schafften es, ihre Arme zu befreien und sie in der Luft hin und her zu bewegen. Gleichzeitig schienen sie ruckweise von einer unsichtbaren Kraft von unten nach oben geschoben zu werden. Während sechshundert Arme rhythmisch in die Hände klatschten, konnte Hanno genau beobachten, wie sie ohne ihr Zutun langsam aus der Erde wuchsen.

Leichter Nieselregen beschleunigte offenbar ihr Wachstum. Ihre Schulterklappen waren, wie er erkannte, einfache Mannschaftsgrade, während er weiter von ihm entfernt Schulterklappen mit mehreren roten Streifen ausmachte, die offenbar Offiziersrang besaßen.

Wie von Geisterhand gesteuert, stiegen alle dreihundert Soldaten aus ihren Erdlöchern - ja, Hanno identifizierte sie als Soldaten oder als Männer, die einen Soldaten spielten. Waren es vielleicht Statisten für einen Kriegsfilm? fragte er sic

Er hatte damals Zivildienst geleistet, sodass er nicht im Detail erkennen konnte, ob sie echte Soldaten waren oder nur ihr filmisches Abbild darstellten. Jeder von ihnen war in olivgrüner Uniform gekleidet. Einige von ihnen trugen Waffen mit sich, Maschinengewehre vom Typ MG3 und leichtere Sturmgewehre von Typ G36.

Hanno fragte sich, wozu sie diese gefährlichen Waffen bei sich hatten. So viel er über die Jahre mitbekommen hatte, herrschte in Deutschland absoluter Frieden. Hatte er etwa durch seine Alkoholräusche nichts mitbekommen?

Wahr ist, dass er schon sehr lange keine Zeitung mehr gelesen hatte. Er besaß auch kein iPhone oder gar einen Fernseher. Wo sollte er ihn auch anschließen? Unter der Trauerweide hatte er noch nie eine Steckdose ausmachen können. Hanno drehte sich auf die Seite. Er wollte den furchtbaren Traum loswerden. Aber die Bilder verfolgten ihn weiter.

Er beobachtete, wie sich die dreihundert Soldaten schnurgerade in einer Reihe stellten und nacheinander abzählten und ihre Zahl herausschrien. Nach einem Kommando traten die Soldaten mit ungeraden

Zahlen vor die geraden. Das Kommando ‚rechts um' bewirkte, dass sich nun Zweier-reihen bildeten, die auf das Kommando ‚links rechts' warteten. Im Gleichschritt marschierten sie los.

Er holte seinen Multicopter aus dem Rucksack und schaute sich den Aufmarsch von oben an – ja, er besaß einen alten ge-brauchten Multicopter, den er von einem Passanten geschenkt bekommen hatte. Da-mals wusste er nicht, was er damit anfan-gen sollte.

Mitten im Stadtzentrum war es ver-boten, wie ihm ein Polizist sagte, als er ihn aus dem Rucksack holte. Aber jetzt bot sich ihm ein überwältigendes Szenario. Als er ei-nen Waldstreifen überflog, sah er zu seiner Überraschung eine zweite Gruppe Soldaten in gleicher Formation und nicht weit ent-fernt eine dritte, vierte und fünfte, die alle-samt sternförmig auf ein Ziel zu marschier-ten.

Als er höher flog, erkannte er die Ge-dächtniskirche und später auch das Kanzler-amt. Auf einmal wurde er aus seinen

Träumen gerissen. Die Kommissarin hatte sich zu ihm auf die Bank gesetzt. Ab und zu kam sie zu ihm unter die Trauerweide, um ihn wachzurütteln. Sie brauchte ihn.

Ein weiterer Freund seiner Clique wurde nach dem gleichen Ritual getötet wie der Portugiese. Hanno sollte ihn identifizieren. Warum er? fragte er sich

Er wollte nichts mehr damit zu tun haben. Ihm wurde schlecht, wenn er nur an die Bilder dachte, die er von seinem Kumpel, dem Portugiesen, noch vor sich sah.

Die Kommissarin reichte ihm die Flasche, die noch unter der Bank stand. Bevor er sich am frühen Morgen überhaupt bewegen konnte, folgte er auch einem Ritual, indem er als Morgentrunk einige Schluck Jack Daniels zu sich nahm. Dann blieb er noch eine Weile liegen, zog den Mantel hoch und spürte, wie der Alkohol allmählich sein Leben beflügelte.

Er hatte die Überzeugung, dass er nur dadurch aus seinen schrecklichen Träumen wieder in die Wirklichkeit finden würde. Nach dem, was er heute Nacht erlebt hatte, glaubte er, dass die Morde an den Obdachlosen nur ein Nebenschauplatz waren. Darüber wollte er aber nicht mit der Kommissarin reden.

Er wusste im Voraus, dass sie ihm nicht glauben und die Geschichte aus seinen Träumen als Folge seines übermäßigen Alkoholkonsums deuten würde.

Während der Fahrt stellte er sich vor, dass er wieder einen seiner Bekannten, in seinem eigenen Blut liegend, sehen würde und sicher auch seinen Kopf irgendwo im Hinterhof auf einem Hügel thronend, wie einen Kohlkopf eingepflanzt, identifizieren müsste.

Er bat die Kommissarin anzuhalten. Er wollte aussteigen. Aber sie sagte ihm, dass sie gleich da wären. Sie erreichten die Hafengegend, wo einige Lagerhäuser leer standen. Hanno fragte sich, warum sich seine Kumpels so weit von den Menschen entfernten, sobald sie einen Schlafplatz für die Nacht aufsuchten.

Er hatte sich nie darum gekümmert, wo jeder seiner Freunde die Nacht verbrachte. Aber jetzt sah er, dass sie die Menschen mieden und das Alleinsein offensichtlich liebten wie er. Sie suchten bewusst nach menschenleeren Stadtvierteln und Unterkünften, die vorwiegend an den Stadträndern zu finden ware

Dort rollten sie in einem der leeren Räume ihren Schlafsack aus und richteten es sich gemütlich ein. Er kannte einen Rumänen, der einen Spirituskocher dabeihatte und in einem großen Alu-Topf das Gemüse kochte, das er von den Gemüsehändlern am Markttag in der eigens für ihn bereitgestellten Kiste vorfand.

Das Paradoxe daran war, dass sie sich zwar vor den Menschen in die Einsamkeit zurückzogen, in dem Bewusstsein, dass sie unbehelligt eine ruhige Nacht verbringen konnten.

Aber genau dadurch legten sie eine Fährte zu Typen, die es nicht gut mit ihnen meinten. Im Geiste verwirrte – ja, kranke Typen, die von einem inneren Zwang getrieben waren, die Bundesrepublik von Obdachlosen und anderem Geschmeiß zu befreien. Das Leben der Obdachlosen war gescheitert, für jeden sichtbar. Sie konnten es oft nur noch durch einen billigen Fusel ertragen. Da war es doch auch für sie eine Erlösung, rechtfertigten sich die Saubermacher-Typen, ihnen bei ihrem Ableben beizustehen

Wie zynisch sie waren, die Saubermacher der Nation! Wie heuchlerisch diese Mörder ihre bestialische Tat rechtfertigten! Wie krank mussten Typen mit dieser maroden Denkweise sein, dass sie nach ihrer Säuberungsaktion - den akribisch ausgeführten Mord - ihr Emblem hinterließen wie ein Siegel, das Fürsten früher unter ihre Dekrete setzten.

Hanno starrte lange Zeit auf den Korpus, stellte sich vor, wie die Täter in aller Ruhe mit einem Fettstift und einem flexiblen Lineal die Zeichnung auf die nackte Brust des Opfers vorzeichneten.

Wie sie anschließend mit einem Federmesser die Linien in die Haut ritzten, immer der Fettstiftlinie entlang. Hatten sie ihre Arbeit beendet, massierten sie das Linengeflecht noch mit Tatoo-Farbe ein.

Hanno fragte sich, als er zum zweiten Mal die Zeichnung sah, mit den kleinen ausgetretenen Blutstropfen, die inzwischen eingetrocknet waren und aussahen wie quer über die Brust gespannte Perlenketten, warum sie sich diese mühevolle Arbeit machten?

Die Linienkonstruktion glich genau der, die er vor einer Woche beim Portugiesen gesehen hatte, aber er konnte an den Kleidungsstücken, die neben dem Toten lagen, nicht erkennen, wem sie gehörten.

Die Kommissarin berichtete ihm von einem herumstreifenden Typen, der ihnen aufgefallen war. Er sah sich in der Hafengegend um, wie er ihnen erzählte, um eine ruhige Bleibe für sich und vielleicht auch für seine Freundin zu finden. Er hatte den Korpus und das viele Blut entdeckt.

Die eine Seite des Zimmers erinnerte ihn an seine ehemalige Arbeitsstelle in einem Schlachthaus. Er wäre dann weggerannt, hätte sofort das Gelände verlassen und den ersten Menschen angesprochen, den er antraf. Der Angesprochene zögerte, die Polizei anzurufen, weil er nach Alkohol roch und von ihm glaubte, dass er ihn auf den Arm nehmen wollte. Er gab ihm sein Handy, damit er selbst die 112 anrief.

Sie führte Hanno am Unterarm durch mehrere Gänge mit eingeschlagenen Fenstern, bis sie außerhalb der Lagerhalle in einer Nische vor einem Bauschutthaufen stehen blieben. Sie sahen auf dem Hügel drei eingepflanzte Köpfe.

Ein männlicher, ein weiblicher und den Kopf eines Hundes. Sie blickten wie benommen auf das Ensemble, das wie ein Kunstwerk arrangiert war. Vor dem Hundekopf schauten seine zwei Vorderpfoten heraus. Hanno bildete sich ein, dass er jeden Augenblick aus seinem Erdloch springen könnte. Sein Maul stand offen und die Zunge hing seitlich herab.

Den Männerkopf konnte er nicht identifizieren. Aber die Frau hatte er erkannt, die ab und zu bei ihrem Umtrunk erschien und dann so geheimnisvoll wie sie kam auch wieder verschwand. Damals hatte er sie oft beobachtet, wie sie die Flasche in ihrer Hand hielt und daraus einen Schluck nahm. Er sah ihr an, dass sie nicht gewöhnt war, aus der Flasche zu trinken. Auch ihr Gesicht zeigte ihm, dass es noch nicht vom Alkohol gezeichnet war. Sicher lebte sie noch nicht lange auf der Straße.

Aber woher sie tatsächlich stammte oder wie sie hieß, konnte er nicht sagen. Auch den Männerkopf, der einen markanten bayerischen Filzhut auf dem Kopf trug, sah er zum ersten Mal. Ihm schlotterten auf einmal die Knie, als er sich vorstellte, dass auch er ins Visier dieser kranken Typen geraten könnte, wie es ihm die Kommissarin prophezeit hatte. Er wollte nichts wie weg.

Die Kommissarin brachte ihn zurück zu seiner Schlafstelle unter dem Weidenbaum. Er musste sich hinlegen, nachdem er einen kräftigen Schluck aus der Flasche genommen hatte.

Als die Kommissarin gegangen war, holte er mit einem sicheren Griff unter die Bank die Flasche noch einmal hoch, öffnete sie und trank wie ein Verdurstender. Der Anblick der zerstückelten Leiche war einfach zu viel für ihn. Seine Hand zitterte noch, als er sich wieder hinlegte und gleich auf die Seite drehte.

Es dauerte auch nicht lange, als ihn der Traum wieder heimsuchte, in dem er die sternförmig auf die Stadt zu marschierenden Truppen sah. Wie absurd, dachte er, dass sie im Gleichschritt marschierten und sich nicht von der Stelle bewegten.

Offensichtlich hatten ihre Offiziere, die er an ihren roten Schulterklappen erkannte, bemerkt, dass ihre Marschrichtung sie direkt ins Unglück führte. Ihnen gegenüber, etwas weiter entfernt, standen nebeneinander aufgereiht eine Menge gepanzerter Fahrzeuge, die offensichtlich auf sie warteten.

Auf einmal hörte er eine Armada von Hubschraubern, die auf ihn zukam. Sie verursachten einen Höllenlärm, flogen in keilförmiger Formation über ihn hinweg, als wären sie ein Schwarm erschreckter Wildgänse. Sie blieben direkt über den Soldaten stehen, warfen schwere Seile nach unten, an denen ein Soldat nach dem anderen hochkletterte und im Laderaum des Hubschraubers verschwand. Am Ende der Aktion lag das Aufmarschgelände menschenleer vor ihm.

Im Halbschlaf erinnerte er sich wieder an den amerikanischen Vietnamfilm, von dem er als Jugendlicher so beeindruckt war. Er hörte das gleiche Höllenspektakel der Hubschrauber, das gleiche überlappende Schlagen ihrer Rotoren, das durch die Lautsprecher im Kino noch verstärkt wurde. In dem Kriegsfilm liefen damals die gleichen Szenen ab, die er gerade gesehen hatte. Welch ein Quatsch, ärgerte er sich, dass ihm dieser Mist noch nach zwanzig, dreißig Jahren im Kopf herumschwirrte. Schließlich wachte er auf. Es begann schon dunkel zu werden.

Die schrecklichen Orte, zu denen ihn die Kommissarin geführt hatte, tauchten vor ihm auf, er begann wieder zu zittern und suchte unter der Bank nach seiner Jack-Daniels-Flasche, die ihm die Kommissarin für seine Mitarbeit geschenkt hatte und die plötzlich nicht mehr da war. Hatte sie sie etwa wieder mitgenommen, nachdem seine Beiträge am letzten Tatort nicht so recht zufriedenstellend war? Oder war es einer seiner obdachlosen Freunde, der nach ihm gesucht hatten, nachdem er den täglichen Umtrunk mit ihnen versäumt hatte?

Er wollte seine Erinnerungen an die drei im Bauschutt eingepflanzten Köpfe und den mit Nazi-Emblemen gezeichneten und kopflosen Korpus in Alkohol ertränken. Plötzlich merkte er, dass er alt wurde. Er hielt einfach nichts mehr aus. Seine Nerven lagen blank. Er hatte Angst. Sie hatten es auf ihn abgesehen. Früher oder später kam auch er dran. Davon war die Kommissarin mit ihrem Profiler überzeugt. Sie riet Hanno, sich von der Straße zu lösen. Wenn er sich dazu entschließen würde, könnte sie ihm behilflich sein. Dabei verriet sie ihm, dass sie ihn auf einem der Konzerte einmal besucht hatte.

Damals spielte noch eine schöne Vio-linistin mit. Ja, an sie könne er sich noch sehr gut erinnern. Aber sie wären nicht mehr zusammen. Irgendwann verließ sie das Hotelzimmer und kam nicht mehr wieder. Wenn er wüsste, wo sie steckte, würde er sie sofort ansprechen. Er wäre im Übrigen aus seinen jugendlichen Schwierigkeiten herausgewachsen und könnte jede junge Frau ansprechen.

Natürlich müsste er sich anders anziehen. Die Kommissarin versprach ihm sogar, dass sie ihm für den Anfang, um überhaupt im realen Leben wieder Fuß fassen zu können, eine Bürostelle vermitteln könnte. Natürlich müsste er zu trinken aufhören. Würden die Kollegen dort in dem Großraumbüro nur den geringsten Geruch aus seinem Munde wahrnehmen, wäre er schneller wieder draußen als er reingekommen war.

Hanno eröffnete sich dadurch zwar ein neuer Lebensabschnitt, dessen Verlauf und dessen erfolgreiches Ende völlig im Ungewissen lag, aber ihm saß auch die Angst in den Knochen. Er wollte die Chance wahrnehmen. Im Grunde war das unabhängige Leben auf der Straße nicht so unabhängig wie es vielleicht von außen aussah. Laufend etwas Essbarem hinterher zu laufen wie ein

Hund, ging ihm schon lange auf den Sack. Schließlich hatte er während seines Lebens auf der Straße nicht seinen Verstand weggesoffen. Er war durchaus in der Lage und bereit, Jack Daniels Lebewohl zu sagen und den kalten Entzug zu beginnen. Ein befreundeter Arzt von früher würde ihm sicher dabei helfen.

Irgendwann, wenn er so weit war, würde er die Kommissarin anrufen. Ja, irgendwann – wie oft hatte er sich etwas vorgenommen und später bei der ersten Hürde alles wieder hingeschmissen. Vielleicht würde ihm diesmal die Angst helfen durchzuhalten.

Er hing am Leben. Trotz der eintönigen Suche nach einer kleinen Spende, die er natürlich nur erhalten konnte, wenn er laufend unterwegs war, hatte er sich seine natürliche Neugier erhalten. Nicht alles war durch den Suff verloren gegangen. Aber die Angst, dass er das nächste Opfer sein könnte, ließ ihn nicht los. Er wollte nicht enden wie der Portugiese. Er liebte das Leben zu sehr, als dass er sich einem weiteren Risiko aussetzten wollte. Ein Freund, der sich von der Straßenszene irgendwann gelöst hatte, hatte es geschafft. Warum nicht er?

Der kalte Entzug. So schön das Saufen, so schrecklich die Entwöhnung. Und so gefährlich auch für die Organe seines Körpers. Immerhin wurde es ihm dann bewusst, als das Schwitzen, die Kopfschmerzen, die Mundtrockenheit, das Zittern und die Sehstörungen begannen.

All das war noch zu bewältigen, aber die Kreislaufprobleme, die Angstzustände und die Stimmungsschwankungen und Krampfanfälle waren kaum zu ertragen. Hanno musste die Hilfe seines Arztfreundes in Anspruch nehmen.

Er schaffte es nicht allein, wie er sich das ursprünglich vorgestellt hatte. Er dachte, erstirbt dabei. Ja, es war schlimm. Erst als er seinen Tiefpunkt erreicht hatte, rief er ihn an.

Da er seine Schwächen kannte, hatte er zuvor all seine alkoholischen Vorräte vernichtet. Wie ein Eichhörnchen, das manchmal vergisst, wo es die Nüsse für den Winter vergraben hatte, erging es auch ihm.

Überall hatte er Verstecke eingerichtet, um im Ernstfall darauf zugreifen zu können. Sicher waren, ähnlich wie beim Eichhörnchen, auch einige Verstecke dabei, an die er sich nicht mehr erinnern konnte.

Wenn er an die Zeit zurückdachte, als er sich auf dieses Experiment einließ, hatte er oft den Eindruck, dass sich sein Körper im Laufe der Jahre mit Alkohol bis in seine Zehenspitzen vollgesogen hatte. Aber sein Freund redete ihm gut zu und riet ihm, Geduld mit sich zu haben.

Elsa, die Kommissarin. Die gute Elsa erinnerte sich an ihn und besorgte ihm eine Stelle in einem Großraumbüro. Was er da arbeiten sollte, war ihm zwar nicht ganz klar, aber er würde es auf jeden Fall bewältigen, was auch immer von ihm gefordert würde.

Elsa finanzierte ihm sogar einen Anzug und eine Krawatte. War das nicht klasse? Die gute Elsa. Von seinem ersten Gehalt würde er sie zu einem guten Essen einladen. Nach einigen Jahren in dem Großraumbüro fing bei ihm die alte Leier an, die darin bestand, dass er Routine hasste wie die Pest. Er kämpfte gegen sie mit allen Mitteln. Nein, er wurde deswegen nicht rückfällig.

Er war seit seinem Absturz trocken geblieben. Aber er sah manchmal keinen Sinn in seiner Arbeit. Niemand konnte ihm erklären, warum die Arbeit, die auf seinen Tisch gelegt wurde, überhaupt erledigt werden musste. Inzwischen waren neue Gesetze verabschiedet worden, die genau diese Vorgänge, die er zu bearbeiten hatte, für null und nichtig erklärten. Es wurde sogar empfohlen, sie unbesehen in den Schredder zu geben.

Wenn er seinen Chef darauf hinwies, dass seine Arbeit, die er machte, nach den neuesten Gesetzen völlig sinnlos sei, wurde ihm vorgeworfen, dass er erst einmal das abarbeiten solle, was auf dem Tisch lag. Die zweite Frage folgte gleich auf dem Fuße, ob er generell die Arbeit verweigere.

Wenn er keine Lust mehr hätte, fuhr er fort – Hanno beeilte sich gleich, ihn zu unterbrechen und ihm zu versichern, dass er gern arbeite. Liebend gern. Wie weit sollte er sich noch auf den Boden legen, fragte er sich, und ihm auf allen Vieren entgegenkriechen? Es sei nur ein kleiner Hinweis gewesen, rechtfertigte er sich noch beim Verlassen des Chefzimmers, während der Chef ihm hinterherrief, dass er seine Arbeit machen solle wie jeder andere auch. Dann wäre jeder zufrieden.

Diese Nacht war wie geschaffen, sich wieder mit Jack Daniels anzufreunden, dachte er. Gottseidank erinnerte er sich noch an den kalten Entzug, den er nicht noch einmal erleben wollte. Er konnte in der Nacht kein Auge zumachen.

Was der Chef zu ihm gesagt hatte und welche Verachtung dabei in seiner Stimme lag, zeigte ihm, dass er in seiner Personal-Planung für das neu errichtete Bürocenter keine Rolle mehr spielte. Dabei hatte er insgeheim gehofft, dass er im Zuge der Umstrukturierung seiner Abteilung einen eigenen Arbeitsplatz mit einem blankpolierten Arbeitstisch bekäme, wie die anderen auch. Bei dieser Gelegenheit hätte

sich dann auch das Problem seines gegen-
wärtigen Arbeitstisches von allein gelöst.

Als er am nächsten Morgen in das
Gehege seiner Zähne blickte, wusste er,
dass seine besten Jahre vorbei waren. Die
Jahre, auf die er so große Hoffnungen gesetzt hatte, waren unbemerkt verflogen.

Sicher hatte der Raubbau an seinem
Körper in den vergangenen Jahren auch
dazu beigetragen, dass er frühzeitig gealtert
war. Wie sehr hatte er sich angestrengt, zu-
erst die Erwartungen seiner Mutter zu erfüllen, später dann die seiner Frau und nun
seit etwa acht Jahren die seines Chefs.

Nichts gelang ihm mehr so richtig.
Auf seinem Schreibtisch türmten sich die
Stapel. Stapel unerledigter Vorgänge. Uner-
ledigte Geschäftsvorgänge wuchsen zu Ge-
birgsformationen, so weit sein Auge reichte
- auf einer sowieso schon knapp bemesse-
nen Tischfläche, die im Grunde keine mehr
war.

Sie war zugedeckt mit Papierstößen,
mit bedrucktem Material, mit älteren Aktenordnern, in Kartons verpackt und

beschriftet, und mit Aktenordnern, gerade erst kürzlich angelegt, und mit Schnellheftern, die durch die Betriebsboten achtlos über alles verstreut und dann aus einem plötzlichen Einfall heraus auf einen Besucherstuhl ordentlich abgelegt wurden.

Er hatte den Eindruck, dass der weißgraue Berg vor ihm immer weiter wuchs - ja, er konnte sogar, als er einen Augenblick lang seinen Arbeitsplatz verließ, um bei einem Arbeitskollegen einen Rat einzuholen, beobachten, wie sein Chef, ohne sich nach ihm umzusehen, einfach einen neuen Stapel direkt neben seinem Stuhl auf dem Boden ablegte.

Es waren einzelne Schriftstücke, von denen er sich wohl erhoffte, dass sie Hanno sofort ins Auge fielen und er sie als erste bearbeiten würde. Er hatte keine Ahnung, wie ihm eine Zuordnung dieser einzelnen, nur mit einer Büroklammer zusammengehefteten Vorgänge jemals gelingen könnte.

Sein Arbeitsplatz, der ihm nach der offiziellen Morgenbegrüßung durch den Chef zuweilen einen gewaltigen Schrecken einflößte, verlor sein Furcht einflößendes Erscheinungsbild in dem Augenblick, als er seinen Blick auf die Tische vor und hinter ihm schweifen ließ. Bevor die Kollegin hinter ihm und der Kollege vor ihm ihre Plätze einnahmen, zogen sie aus ihrer Brieftasche einen kleinen Schlüssel, öffneten vorsichtig ihre leicht laufenden obersten Schubladen, entnahmen ihnen ihr so genanntes Handwerkszeug und legten es morgens auf ihren blank polierten Arbeitstisch - auch einen kleinen Karton mit verschiedenfarbigen USB-Sticks.

Sie waren es als Verwaltungsbeamte gewöhnt, sorgfältig ihre Schere, ihren Kleberoller und ihre frisch gespitzten Bleistifte, ihre Marker und Kugelschreiber im rechten Winkel auf ihrem noch jungfräulich anmutenden Tisch anzuordnen - auch wenn sie diese Art von Hilfsmitteln nur in den seltensten Fällen benutzten.

Sie lagen aufgereiht da, um den Nachweis ihrer Ordnungsliebe für jedermann und für jede Frau anschaulich zu machen. Erst nachdem sie sich noch einmal mit einem letzten Blick auf ihr Arrangement zufriedengaben, schalteten sie ihren Rechner ein. Gebannt blickten sie dann auf den Monitor.

Wie ängstlich sie waren, dass ein Kollege oder eine Kollegin oder jemand von der Nacht-Security etwas entwenden könnte. Und wie gelassen dagegen Hanno sein konnte - ja, er hätte sich sogar gefreut, wenn über Nacht ein Teil seiner Habe abhandengekommen wäre.

Gleichgültig wie sein jeweiliger Gemütszustand auch beschaffen war - er befand sich in punkto Besitzwahrung zweifelsohne auf der glücklicheren Seite. Er sah ihnen an, dass sie diesen doch relativ angenehmen Gemütszustand nicht mit ihm teilen konnten.

Vielmehr setzten sie alles daran ihn zu beenden, indem sie ihm während der Mittagspause so dann und wann neues Aktenmaterial unterschoben. Er tat dann, als ob es ihm nicht aufgefallen wäre.

Ja, es war ihm auch nicht so wichtig. In Wirklichkeit wusste er, dass er sie nie mehr einholen würde, dass er nie imstande sein werde, all das aufzuarbeiten, was ihnen offenbar von der ersten Stunde ihres Arbeitstages an gelungen war. Völlig nutzlos empfand er auch deshalb, die Zahl der Überstunden auszurechnen, die für die Abarbeitung und Beseitigung seiner Aktenberge vonnöten gewesen wären. Zumal sein Rechner schon seit drei Wochen streikte, und niemand bisher in der Lage war ihn zu reanimieren.

Er war im Übrigen mehr als fertig mit dem ganzen Computerkram. Dem Computerkram, der im Grunde das ganze Desaster ausgelöst hatte. Er war auch fertig mit seinem Chef. Und mit allen anderen. Eigentlich müsste er mit allem hier Schluss machen. Ja - wirklich Schluss machen.

Wegfahren. Niemanden mehr sehen müssen. Einfach verschwinden. Für zwei oder drei Wochen erst einmal in den Süden. Oder auf die Kanaren. Vielleicht auch noch weiter. Ein Ortswechsel hatte ihm schon lange vorgeschwebt. Ein Wechsel überhaupt wäre endlich einmal fällig gewesen. Gleich morgen wollte er auch von seiner Mutter Abschied nehmen. Seiner Frau, die er im

Laufe der acht Jahre im benachbarten Büro kennengelernt hatte, die er im Grund gar nicht richtig kannte. Wie denn? Die er sowieso nur spät abends zu Gesicht bekam. Er war dann, wie so oft, immer ausgepumpt und müde.

Unfähig, mit ihr auch nur ein oder zwei Worte zu wechseln. Worte, die sich zudem nur auf die Wäsche bezogen, die sie für ihn besorgte. Und auf den Müll, dessen Entsorgung er zu seinen Aufgaben zählte von Beginn ihrer Ehe an.

Sein Chef würde in den ersten Tagen gar nichts von seiner Abwesenheit mitbekommen (denn die Personalabteilung verharrte gewöhnlich in einer rätselhaften Kommunikationsstarre) - ja, vielleicht würde er erst nach einer Woche feststellen, dass kein Platz neben seinem Besucherstuhl vorhanden war, um neues Material abzulegen. Oder wenn die Blätter der obersten Stapel durch einen leichten Luftzug durch die geöffnete Tür heruntersegelten.

Und er würde irgendwo neu anfangen. Ja - neu anfangen. An einem Ort, wo man aufgeschlossen wäre für seine neuen Ideen. Wo man mehr Verständnis aufbringen würde für seine Vorschläge. Verbesserungsvorschläge. Er wüsste, wie der Arbeitsablauf neu und effizienter zu organisieren wäre. Er wüsste, wie der ganze Betrieb zu reformieren wäre. Beginnend bei den Vorständen und endend beim Botenpersonal.

Und wohin würde das führen? Voraussichtlich zu einer gewaltigen Eruption. Würde er eine Eruption dieser Art durchstehen?

Würde er eine totale Umkehr von bisher Gewohntem und Eingefahrenem und Vertrautem ertragen? Sicher und zweifelsohne würde er das.

Und wozu das alles? Wozu die ganze Aufregung? ihm ging es doch eigentlich so schlecht auch wieder nicht. Wenn er an seinen Kollegen in der Versandabteilung dachte, der mit acht Kindern geschlagen war. Und dessen Frau immer noch Zeit fand fremd zu gehen. Oder an seinen Cousin in der allernächsten Verwandtschaft, der seit drei Jahren arbeitslos ist, und dessen Frau und Kinder sich anderweitig orientiert hatten. Zu einem Mann hin, der ihnen einen gehobenen Lebensstandard bieten konnte. So wie sie es von früher her gewohnt waren. Oder wenn er gar an Afrika denke, an die unterernährten Kinder etwa. An ihre infizierten Eltern, die ihre Kinder als Waisen zurückließen.

Wie gut es ihm da wieder ging. Er hatte immerhin Arbeit. Mit einer Frau zuhause, mit der er zwar oft in Streit geriet, eine Trennung – ja, darüber sprachen sie in letzter Zeit öfter. Einen Chef, der morgen vielleicht wieder der alte sein würde. Wie früher, als er mit ihm noch eine Tasse Kaffee trinken konnte.

Den Urlaub in die Kanaren wollte er nicht mehr buchen. Er zog es vor, mit sich allein zu sein. Nur im Alleinsein fühlte er sich wohl. Vielleicht eine Angewohnheit noch aus der Zeit, als er auf der Straße lebte. Nur im Alleinsein konnte er über sich nachdenken, wie es weitergehen könnte mit seiner Mutter und seiner Frau. Beide hingen an ihm wie Kletten.

Wie schön sein Urlaub sein würde ohne sie, malte er sich aus, die immer etwas von ihm wollten, die Forderungen an ihn stellten, die er nicht erfüllen konnte. Auf deren Wünsche er auch nicht mehr eingehen wollte. Entweder überschätzten sie ihn, indem sie ihn laufend an seine ruhmreiche Vergangenheit erinnerten. Welche Vergangenheit meinten sie? Die ruhmreiche Musiker-Phase? Die geprägt war von den Vorstellungen seiner Mutter, die durch ihn noch einmal ihre eigene Solo-Karriere nacherleben wollte?

Oder meinten sie die weniger ruhmreiche Sauf-Phase? Gleichgültig, was sie dachten, sie waren nicht in der Lage zuzugestehen, dass all dies ewig lang zurücklag und er mit allem abgeschlossen hatte. Auch mit ihnen. Letzten Endes auch mit ihnen, ja! Nach seinem Urlaub wird er ihnen in aller Freundschaft seine Entscheidung mitteilen.

Zu lange hatte er hingenommen, dass sie sich an ihn klammerten, als hätten sie kein eigenes Leben. Aber er wäre nicht auf die Welt gekommen, sagte ihm ein

Therapeut, den er nach seiner Sauf-Phase in Anspruch nehmen musste, er wäre nicht da, um die Leere und Langeweile im Leben der beiden Frauen auszufüllen.

Auf jeden Fall wollte er morgen schon den Urlaub beantragen und dann ein Ticket nach Paris buchen, mit dem TGV. Es waren nur wenige Stunden, dann würde er im Gare du Nord aussteigen und Paris vor sich haben. Einfach aufs Geratewohl und ohne Reservierung. Er liebte es, sich dem Zufall auszusetzen.

Das Hotel Oriental muss nicht jeder kennen. Es liegt zwar in einem der angenehmeren Viertel von Paris. Doch bietet es auch dem so genannten Normalbürger eine bescheidene Unterkunft, auch dem, der tagsüber unterwegs ist und etwas haushalten muss.

Hier lernte er sie an einem Abend kennen. Sie nippte gerade an ihrem Glas, gefüllt mit tiefroter Grenadine, als ihr Name in der Hotelhalle aufgerufen wurde.

Hanno blickte ihr nach, wie sie etwas unentschlossen von ihrem Barhocker glitt, einen kurzen Augenblick innehielt, um dann mit weit ausholenden Schritten in Richtung Rezeption zu eilen. Ihn verblüffte dabei die Lautlosigkeit ihres Gangs.

Sie zeigte Bein. Und das, was sie zeigte, wuchs schlank und lang und ohne sichtbaren Übergang aus ihren enganliegenden, samtweichen schwarzen Stiefeletten.

Sie hieß also Jasmin - den Namen verband er immer mit einem Strauß voller, orientalisch duftender Blüten. Als sie zurückkam, bestellte er sich einen Anis mit viel Eis und etwas Wasser. Nicht weit von ihm hatte sie vor ihrer Grenadine wieder Platz genommen. Er rückte etwas näher zu ihr und fragte, ob sie immer in Hotels wohne, deren Name so wundervoll zu ihrem passte.

Im gleichen Augenblick bereute er, dass ihm nichts Besseres eingefallen war. Wider Erwarten fand sie den Zusammenhang aber nicht so schlecht - sie hätte schon viel Schlimmeres in dem reichlichen Angebot der Anmach-Sprüche erlebt, sagte sie.

Sie blieben noch bis kurz vor Mitternacht, als sie sich entschuldigte und auf ihren Schönheitsschlaf verwies. Sie wollte morgen nicht allzu zerknittert ihrem Chef gegenübertreten. Mit ihrem unbeschwerten, lauten Lachen, das ihn den ganzen Abend schon auf geheimnisvolle Weise angezogen hatte, läutete Jasmin ihren Abschied ein. Das anschließende Einziehen ihrer Atemluft jedoch erinnerte ihn jedes Mal an den Schrei einer Elster. Besonders ausgeprägt entwich er ihrer Kehle, wenn er sie durch eine überraschend witzige Bemerkung zum Lachen brachte. Unbewusst nutzte er die

Qualität dieser Elsternschreie schon als Gradmesser seines Einfalls.

Je mehr sie sich beim Lachen verausgabte, um so mehr schien sich auch ihre Kehle zuzuziehen. Gerade noch hatte sie ihre Atemluft durch ihre inzwischen beängstigend eng gewordene Stimmritze eingesogen, als ihr ein unerträglich hoher Laut entwich. Nicht wenige der umstehenden Gäste zogen unbewusst ihren Kopf ein, als wichen sie einer unbekannten Gefahr aus. Er drängte sie, mit ihm einen kurzen Sprung ins Michigan zu unternehmen. Er dachte, die frische Luft würde ihr guttun.

Das Michigan liegt gerade eine Straße weiter, sagte er zu ihr, nicht mehr als zweihundert Meter von hier auf der rechten Seite. Sie könnten gut zu Fuß gehen. Außerdem bräuchten sie nicht so lange bleiben.

Ohne ihre Einwände abzuwarten, die sie ohnehin nur zögerlich vorgebracht hatte, hakte er sie kurz entschlossen unter. Sie schlenderten gemütlich der schwach

beleuchteten Straße entlang, als sie schon
von Weitem sahen, dass sich vor dem Eingang des Michigan eine große Menschen-
traube versammelt hatte.

Als sie näherkamen, beobachteten sie, wie
durch die geöffneten großen Flügeltüren
eine hell erleuchtete, weißgraue Wolke auf
sie zuwaberte. Aus den Innenräumen wurde
sie von rhythmisch pulsierenden, feuerrot
schimmernden Lichtkegeln angestrahlt. Augenblicklich dachten sie daran, dass innen
ein Feuer ausgebrochen war. Und nicht
lange danach hörten sie auch schon aus der
Ferne die lauter werdenden Sirenen der
Feuerwehr auf sich zukommen. Trotz ab-
wehrend gestikulierenden

Sicherheitspersonals vor der Tür zwängten sie sich durch den Eingang. Dort, wo sie die Tanzfläche vermuteten, strebten sie zu einem Knäuel sich schlangenhaft bewegender und seltsam ineinander verschlungener Körper. Unbewusst übernahmen sie ihren Rhythmus und ihre lasziven Bewegungen. Kurz darauf hörten sie einen anderen Beat und versuchten, das Schlangennest zu ver-

lassen. Ein paar Schritte weiter sprangen sie mit den anderen zusammen in einem überraschend schnellen Zweivierteltakt in die Höhe.

Sie klatschten begeistert mit hoch erhobenen Armen in die Hände, sobald der Jockey dazu das Kommando mit einer Zimbel schlug, die wie eine zirpende Grille klang.

Es verstand sich von selbst, dass sie sich in dem brodelnden Umfeld etwas näherkamen. Freudig strebten sie dem Ausgang zu und konnten über sich die rötlich schimmernden Rauchschwaden verfolgen, die durch einen Ventilator ins Freie geblasen wurden.

Unbewusst folgten sie ihnen bis an die geöffnete Außentür, wo sie gerade noch beobachten konnten, wie die Feuerwehr ihre Schläuche wieder zusammenrollte.

Sie nahmen ein Taxi ins Oriental. Er näherte sich ihr, links ein Küsschen, rechts ein Küsschen - kaum hatten sie sich berührt. Alles schien sehr flüchtig und so nebenbei, auch auf ihrer Seite. Ihr kleines Täschchen unter dem Arm, schrieb sie ihm noch eine Telefonnummer auf seine Handfläche, mit einem lilafarbenen Kugelschreiber, den sie aus irgendeiner Falte ihres Kleides hervorgezaubert hatte. Er könne sie ja mal anrufen, rief sie, noch beim Abschied winkend, und schloss leise die Tür.

Und Hanno rief an, schon am Freitag derselben Woche. Er hatte vor, seinen Aufenthalt in Paris nicht zu lange auszudehnen, vielleicht in der nächsten Woche wieder einer geregelten Arbeit nachzugehen. Sie erkannte seine Stimme sofort und war, wie er heraushörte, von ausgelassener Stimmung. Ihr ansteckendes Lachen erfasste auch ihn, obwohl er sonst kaum ins Telefon lachte. Auch der anschließende, mehrmals ausgestoßene Elsterruf blieb nicht aus. Er erschien ihm diesmal sogar so unwirklich, dass er erschreckt den Telefonhörer weit von sich hielt.

Sie wohne in der Nähe des Place du Vosges, erklärte sie ihm. Dort habe sie mit ihrer Freundin ein Appartement im zweiten Stock, direkt über einer Werkstatt, in der zwei Brüder antike Sesselgestelle herstellten, mit richtig geschnitzten Armlehnen und geschwungenen Füßen aus der Zeit Ludwigs des Wievielten. Er würde sie durch das Schaufenster arbeiten sehen, wenn er zu ihr käme. Vielleicht könnte er es einrichten, sie schon an diesem Wochenende zu besuchen? Sie würde sich riesig freuen – am Samstag also zum Brunch. Und vielleicht würde sich daraus noch etwas ergeben, sagte sie zum Abschied.

Er nutzte die Zeit, um Paris zu Fuß zu erobern. Er hatte immer ein Vergnügen daran, eine Gegend zu erkunden, von der er wusste, dass hier jemand wohnte, den er schon kannte - auch wenn er ihm erst vor Kurzem begegnet war. Die Vorstellung fiel ihm leicht, dass genau dieser Jemand die gleichen Wege benutzte wie er, in die gleichen Schaufenster schaute und an den gleichen belebten Kreuzungen stehen blieb. Er war einfach neugierig – ja, er gestand es sich ein, etwas Voyeurhaftes lag durchaus in seinem Verhalten.

Er stieg am Place du Vosgue aus, einem bescheidenen Viertel - kein bombastischer Glitzerkram, nichts Mondänes. Der Platz war umgeben von kleinen Läden und Handwerksbetrieben, und er entdeckte auch gleich die zwei Brüder, die in der beginnenden Dämmerung vier Sesselrohlinge mit kunstvoll geschnitzten Armlehnen in ihren Lieferwagen luden. Sie würden jetzt, so berichtete ihm einer der Brüder, von einem Maler grundiert, geschliffen und lackiert und anschließend zur Polsterei gebracht. Eine Bestellung? fragte Hanno. Ja, natürlich eine Bestellung. Wer säße denn heute noch gern in solchen Sesseln? Es sind Sessel nur zum

Anschauen, sozusagen als Dekoration in einem renovierten Schloss zum Beispiel. Sie lebten schließlich davon, meinten sie. Und das Geschäft ginge gut, sie könnten nicht klagen.

Am nächsten Vormittag besorgte er zwei Flaschen Suave, einen Weißwein, den Jasmin besonders gerne trank, wie sie ihm am Abend an der Bar anvertraut hatte. Kurz bevor er zur Metrostation lief, rief er sie noch einmal an. Freudig erregt beschrieb sie ihm noch einmal den Weg, als sie seine Stimme am Telefon erkannte. Sie würde ihm gleich die Tür öffnen, sobald er klingelt, zwei Mal lang und ein Mal kurz, schärfte sie ihm ein.

Ein direkter Zug fuhr zum Place du Vosges, wo er wieder die zwei Brüder im Schaufenster sah, die zusammen gerade ein gebogenes Formteil auf der Bandsäge sägten. Der eine, der das Holzstück inzwischen losgelassen hatte, zog seine Mütze vom Kopf, hielt sie hoch und grüßte ihn. Sie hat ja nette und freundliche Nachbarn, dachte er. Die Haustür stand weit geöffnet. In der Dunkelheit des Hausflurs entdeckte er nicht

weit entfernt das Scherengitter eines Fahr-
stuhls. Braun lackiert und aus relativ alters-
schwachen, dünnen Holzleisten machte es
beim Zurückschieben einen scheppernden
und hinfälligen Eindruck. Im zweiten Stock
klingelte er zwei Mal lang und ein Mal kurz.
Gewohnheitsmäßig fasste er an die leere
Stelle an seinen Hals, an dem er sonst eine
Krawatte trug.

Die Tür öffnete sich und vor ihm
stand sie in einem enganliegenden Outfit.
Hallo, sagte Jasmin, komm doch rein. Er
hatte Mühe, sie im Gegenlicht wiederzuer-
kennen. Sie war in einen feuerroten Neopren-Anzug hineingezwängt und lief barfuß.
Ihre Haare waren straff nach hinten ge-
zurrt. Er fühlte sich auf einen anderen Stern
versetzt und wusste nicht, wie er reagieren
sollte. Wie absurd, dachte er im ersten Augenblick.

Dabei war ihm Abwegiges durchaus
geläufig. Er hatte Freunde in Deutschland,
die ihn als regelmäßige Theaterbesucher oft
zu einer Aufführung mitnahmen, die sie ihm
als absurdes Theater anpriesen. Bei keiner
dieser Vorstellungen empfand er aber

irgend etwas absurd. Ganz im Gegenteil. Ihm gefielen die anscheinend grotesken Gedankengänge, die mit Hingabe vorgetragen wurden, als wären sie real und direkt aus dem Leben gegriffen.

An ihrem Kopf angeschnallt und an der linken Seite abstehend ragte ein rotes Plastikrohr in die Luft. Erst jetzt erkannte er, dass es ein Schnorchel war. Er war zugleich mit einem Gummiband mit einer Tauchermaske verbunden, die sie sich in die Stirn geschoben hatte. Offenbar war es ein gängiges Model, denn er hatte es schon bei einem Kind im Freibad gesehen. Ihr Material bestand aus froschgrünem, hochglänzend lackiertem Gummi, auf ihrer Seitenumrandung wippten hellblaue Wellenlinien, in denen sich ein paar Seesterne tummelten.

Sie strahlte über ihr ganzes Gesicht und nahm ihm die zwei Weinflaschen ab. Mit ihren nackten Füßen kickte sie auf dem Weg zur Hausbar zwei grellrot lackierte Schwimmflossen zur Seite, auch diese mit hellblauen Wellenlinien und blauvioletten Seesternen bedruckt. Er schaute sie verwundert von der Seite an und nahm an, dass sie ihm gerade ihre neue Sportausrüstung zeigen wollte. Warum nicht, dachte er, schließlich ist es doch besser hier in den eigenen vier Wänden einen neuen Neopren-Anzug anzuprobieren als am Strand - vor allen Dingen, wenn noch nicht feststeht, wohin die Reise in den Urlaub geht - so viel hatte sie ihm immerhin im Oriental verraten. Aber er hatte sich getäuscht. Als er sich vom Hausflur aus in den weiteren Räumen umschaute, sah er, dass diese Entscheidung bereits gefallen war.

Mitten im Wohnzimmer stand auf einem sandfarbigen Velourspannteppich ein meterhohes Taucherbecken. Die Seitenwände bestanden aus ringförmig übereinander geschichteten, aufgeblasenen Gummiwülsten. Genau in der Mitte lag auf der Wasseroberfläche ihre Freundin, die sie mir gleich mit dem Namen Kanteloupe vorstellte. Leider verlief die Vorstellung nur einseitig, denn sie hielt ihren Kopf konstant unter Wasser. Dass sie überhaupt noch am Leben war, hörte Hanno an den röchelnden Atemgeräuschen, die von ihrem Schnorchel ausgingen und in regelmäßigen Abständen von der Ventilklappe unterbrochen wurden.

Mit einem gewaltigen Ruck drehte sie sich plötzlich um ihre eigene Achse, so dass er unwillkürlich zur Seite sprang. Sie hielt jetzt ein Drahtkörbchen in der Hand. Ein ähnliches hatte er vor drei Jahren bei den Schwammtauchern in Chaldikki gesehen. Sie tauchte unter die Wasseroberfläche auf den Meeresgrund und sammelte Seesterne auf. Jasmin hatte sie, wie sie ihm später zuflüsterte, zuvor auf dem Boden des Bassins versteckt, zwischen den Steinen und grünen Schlinggewächsen. War das nicht etwas kindisch? fragte er sich. Aber im Urlaub ist schließlich alles erlaubt.

Ihr schlanker Körper war hauteng eingezwängt in einen knallgelben Neopren-Anzug mit blauschwarzer Zebramusterung. Wechselseitig hob und senkte sie ihre Schwimmflossen, obwohl in diesem begrenzten Raum nur kurze Strecken zurückgelegt werden konnten. Fluoreszierend gelb und weiß gestreifte Fische wurden offensichtlich durch ihre Wellenbewegungen aufgeschreckt und schwammen im Zickzack

dicht am Meeresboden entlang. Aufgewir-
belte Sandwolken, ausgelöst durch Kan-
teloupes Tauchgänge, folgten ihnen und
senkten sich sacht wie eine Nebelwolke zwischen die bizarr geformten Steine und
Pflanzen.

Jasmin führte ihn zur Hausbar, einem
Schrein mit zahlreichen aneinander gereih-
ten Flaschen jeglicher Provenienz in einem
offenen Glasregal an der Wand. Davor
stand eine aus rauen Holzschwarten grob
gezimmerte Theke. Auf ihr überraschte ihn
eine Fülle unterschiedlichster Flaschen und
Behälter. Es war alles da und es war alles
super perfekt arrangiert. War das hier etwa
ein professionell geführtes Etablissement?
Richteten sie hier vielleicht irgendwelche
gesellschaftlichen Ereignisse aus? Wie zum
Beispiel Überraschungs-Geburtstage oder
gar kleine intime Hochzeiten? Bestritten sie
dadurch etwa ihr Einkommen? Mit einem
Profi-Barmixer und einem Catering-Service?

Diese Gedanken verwarf er aber sofort, als er den grob behauenen Querbalken
sah, genau von derselben Art, wie er ihn
das letzte Mal im Wohnzimmer der

Cartwrights gesehen hatte, einer Sendung, die zum wiederholten Male im Fernsehen lief. An der Decke, von einem roh belassenen Birkenstamm hängend, blitzten lang gezogene Chrombügel, an denen Wein- und Sektgläser hingen.

Sie bot ihm einen mit Kalbsfell bezogenen Barhocker an. Für den Anfang würde sie ihm, so meinte sie, etwas Tomaten-Juice servieren, mit einem leichten Hauch grünen Pfeffers, gestreckt mit einem kräftigen Schuss Gin. Im Hintergrund rieselte leise Sphärenmusik, untermalt mit Klängen von a-rhythmisch sich wiederholenden an- und abschwellenden Meeresbrandungen.

Linker Hand, durch eine riesengroße Zimmerlinde verdeckt, bemerkte er durch die leicht geöffnete Schiebtür auf einem Balkon drei kräftige Nackensteaks, wie sie auf einem Holzkohlengrill brutzelten. Von den Decken hingen bunte Wimpel, die sich Girlanden förmig quer durch den Raum spannten. Drei Wimpel-Stränge kreuzten sich genau über dem Wasserbecken und führten durch die geöffnete Tür nach draußen auf den Balkon, wo er sie im Winde flattern sah. Ein bisschen erinnerte ihn die Ausstattung an eine Mallorca-Bar. Es fehlten nur noch die langen Strohhalme mit den Sangria-Eimern.

In einem Köcher, der mitten unter den Mint- und Cassis-Flaschen stand, entdeckte er ein Bündel Pfeilspitzen. Er konnte nicht widerstehen und zielte auf die gegenüber hängende Dartscheibe. Trotz ihres relativ großen Durchmessers von einem Meter verfehlte er sie. Er machte wirklich keinen guten Eindruck auf sie. Wird ihr Kanteloupe vorwerfen, wen sie da angeschleppt hatte? Beide schrien erschreckt auf, als sein Pfeil an den Gummiwüsten des Taucherbeckens abprallte, hochhüpfte und anschließend im Wasser versank.

Mit dem Blick auf Kanteloupe gerichtet, beobachtete er fasziniert, wie sie langsam und lasziv aus dem Becken stieg und mit ihnen zur Sitzgruppe ging, deren Rattan Geflecht seltsam knarzte, als sie sich darauf niederließ. Auf dem kleinen Tisch davor thronte eine dickbauchige Glasschüssel. Sie war mit einem fruchtig süßen Nektar gefüllt, verfeinert durch einen Schuss Grappa. Ein

schwacher Abglanz vergangener, aufregen-
der Urlaubstage. Lange, bunte, biegsame
Saugröhrchen schlängelten sich gebündelt
um die Schüssel. Nicht weit entfernt stand
ein Turm mit sechs farbigen Kinder-Spielei-
mern ineinander gestülpt.

Als hätten beide sich verabredet,
machten sich Jasmin und Kanteloupe an
ihm zu schaffen und begannen sein Hemd
aufzuknöpfen. Sie zogen es über seinen
Kopf, so dass er nicht recht wusste, wohin
das führen sollte. Sie luden ihn nun ein, mit

ihnen einen gemeinsamen Tauchgang zu versuchen. Nach kurzer Zeit hatten sie ihn bis auf seine Shorts ausgezogen. Die Zeit nach seinem Anruf, eröffneten sie ihm etwas verlegen, war einfach zu kurz, um auch für ihn einen Neopren-Anzug zu besorgen.

Ehrlich gesagt war er von ihrer lockeren Art sehr angetan, jedoch wusste er nicht, wie er reagieren sollte. Ohne ihre Einwände abzuwarten, ging er wie er war durch die offene Schiebetür auf den Balkon, holte im Vorbeigehen noch seine Sonnenbrille aus seinem Jackett und legte sich in einen der bequemen weiß gepolsterten Liegestühle. Ein kleiner roter Sonnenschirm spendete ihm dabei einen wohlig angenehmen Schatten.

Kanteloupe – ja, sie gefiel ihm sehr. Er liebte eher das Zufällige, das nicht im Voraus Geplante, wenn von Niemandem ein bestimmtes Ziel verfolgt würde. Das direkte Aufeinander-Zugehen war ihm im Grunde suspekt. Jasmin brachte ihm eilfertig ein rotes Eimerchen mit der doch ziemlich hochprozentigen Nektarmischung. Dazu reichte sie ihm ein Saugröhrchen von beträchtlicher

Länge. Im Liegen konnte er bequem aus dem Spielzeugeimer saugen, der neben ihm auf dem Boden stand. Kanteloupe brachte ihm einen Pappteller mit einem inzwischen vollendet zart und weich gegrillten Nackensteak, dazu eine Hand voll knuspriger Pommes mit einem dicken Klecks Ketchup.

Nach dem Essen räkelte er und streckte er sich wohlig auf der Liege aus, schloss die Augen und überlegte, wie er, ohne Jasmin zu verletzen, mit Kanteloupe eines Tages ausgehen könnte. Sie zog ihn schon allein durch ihr distanziertes Verhalten an, das sie ihm gegenüber zeigte. Vielleicht könnte er seinen Aufenthalt in Paris verlängern, fragte er sich. Was für eine wunderbare Art Urlaub zu machen, murmelte er mit halb geschlossenen Augen vor sich hin - sauber und sicher - ohne Stress auf den überfüllten Bahnhöfen und Flughäfen - ohne Unannehmlichkeiten in lauten und schmutzigen Ferienanlagen.

Als er aufwachte, lag er immer noch unter dem Sonnenschirm, obwohl es inzwischen schon Abend geworden war. Im Wohnzimmer sah er, dass das Wasser im

Pool bereits abgelassen worden war. Seine Hülle lag als zusammengefaltete Haut am Ende des Flurs. Auf dem Rattan Tischchen lag ein Zettel von Kanteloupe, die ihm schrieb, er sollte doch am nächsten Wochenende mal anrufen. Und ihre Rufnummer war, wie ihm sofort auffiel, eine andere als die, die er in seinem Handy gespeichert hatte.